喚醒你的日文語感！

こまかい日本語のニュアンスをうまく起こさせる！

喚醒你的日文語感！

こまかい日本語のニュアンスをうまく起こさせる！

全日語入校

学校へ行こう！

作　者　樂大維
總編審　王世和

 貝塔語言出版
Beta Multimedia Publishing

 IRT 語言測驗中心
Language Testing Center

　　首先要恭喜《全日語入校》的出版，這本書是貝塔日語新系列的第一本書籍，作者樂大維老師擁有在日本及菲律賓等外國生活經驗，著手撰寫這套讓讀者能夠「安心」面對各種外語使用情形的系列書籍，似乎一點也不令人意外。在撰寫本系列書籍時，作者除了根據台灣師範大學、日本早稻田研究所的專業知識以及國外的實際生活經驗外，另外還進行相關人物的訪談以及廣泛的收集參考資料，在這些要素的組合下，濃縮萃取出本系列的精華內容。很高興有機會陪伴讀者們共同探索這套系列書籍的深層奧妙，體驗作者風趣外表下的精密思緒。

　　每件事物都有它的流行背景以及時代需求，日語學習當然也不例外。在台灣的日語教育從早期欠缺本土教材的時代，歷經台灣人自編適用於全體日語學習者的一般日語教材，一直到現在針對某特殊專業的教材編撰，歷史不斷變遷，而現在似乎已經來到了所謂「專業日語」的時代。

　　觀光日語、法律日語、職場日語、學術日語等，這些都是所謂的「專業日語」。有別於一般日語學習，無論是單字、句型或教材的場景設計，都設定在日語學習者的特殊背景，屬於某種客製化的概念

及作法。因為是量身訂做，所以專業日語能夠滿足個人專業需求，同時也因提供適當教材，進而提升學習興趣及效率。這種特殊性符合成本效益的概念，是忙碌現代人學習外語的最佳夥伴。

《全日語入校》顧名思義就是在校園裡面所使用的日語，場景也主要設定在赴日留學時教室內所可能接觸的各種情形。這本專為赴日求學設計的教材，提供學習者聚焦學習教室內日語的機會，是所謂學術日語 (Academic Japanese) 的部分概念。本書內容分為 5 個大的學習主題（5 堂課），下設 30 個學習項目，利用本書學習時，留意下列幾件事應該有助提升學習效率及樂趣。

首先，如同作者在目次上的安排，語言學習的重要概念是區分不同的使用場景。「教室綜合用語」、「課堂教學用語」、「各種課室活動」、「各種課外情境」這 4 堂課提醒我們，學校大致可以區隔成 4 個不同的場景，而每個場景下，又各自可以細分成 6 種分類。我們都當過學生，利用此書學習時，可以參考過去經驗想像人在日本學校的各種情形，想像在什麼情形下會遭遇什麼狀況，又該說什麼內容。**透過作者安排的場景以及讀者的事先練習，將來在學校的各種日語溝通場面都會是似曾相識，自然地日語也就能脫口而出了。**

接下來的問題是，前述的「想像在什麼情形下會遭遇什麼狀況，又該說什麼內容」的具體內容是什麼！語言的溝通可分為理解跟表達兩部分，對讀者而言，在日本的學校裡，我們會「聽」到本書「師生過招」中「師」所說的內容，這是屬於「理解」的部分，而「生」的內容，則是我們可能必須「說」出口，也就是所謂的「表達」部分。學習時，建議可以將注意力放在這種「聽」與「說」的差別，比如，聽到老師某種問題或指示的時候該回答怎樣的內容。**不論在單字或句型層次，老師跟學生所說的內容通常在某個範圍內，多半是可以預測的，只要能熟悉相關單字及句型，突然聽不懂或回答不出的窘境應該會減少發生。**

最後，**本書提供讀者一個可以體驗不同表達方式或語感的機會。**說話時通常會有個目的，而達成這個目的的方法則不會只有一個，本書中利用醫、斜線、括弧，以及圓圈數字等方式來提醒讀者們同樣的一句話可以有不同的表達方式。此外，作者在必要時也會附上註解說明，提醒語感上的不同，讀者在上述的留意使用場景以及「聽」與「說」的區別外，如果學有餘力，還可以將注意力放在不同表達方式所帶來的語感差異，或許能夠體驗出更深一層的學習樂趣。

此系列書籍出版的目的在於透過事先了解及學習來減少不必要的心理負擔，同時幫助日語學習者盡早融入日語學習的環境。符合時代需求、提升學習興趣及效率是其最大特色，也是作者樂大維老師多年來的堅持。橫跨日語、華語教育界的樂老師著作甚多，不侷限於傳統教學，尋求時代脈動是其不變的風格。以《全日語入校》為出發點的這套系列書籍是樂老師所感受到的時代需求，有了這本書的陪伴，想必初次赴日求學的台灣學子應能度過一個比較安心、放心的初期留日歲月。

東吳大學外國語文學院日本語文學系主任

卲世和

　　這本前所未見的教材終於問世了！本書《全日語入校》，在想於日文課全程使用日文的教師與學生心目中，堪稱救世主般的教材！

　　在自己國家裡學習日文的學生們，於課堂外總是毫無機會說日文。在這種情況下，大家都會有「上課時想多說點日文！想全程都用日文上課！」這些想法吧！但是，一旦全程都用日文上課，常掛在嘴邊的話，就會突然不知道該怎麼開口、不知道怎麼用日文說而就此打住，或在表達上變得不自然。

　　本書是樂老師透過語言教學上長年累月的經驗，細心觀察於教室內一幕幕生活化的會話場景，所集結成冊的作品。比方說，教師提醒學生不要遲到，或宣布檢定考的消息；學生在介紹自己打工的拉麵店，或新髮型被誇獎等。不論翻到書中的哪一頁，都是教師與學生能自然而然地運用於教室內的會話及情境。

　　再者，全書所收錄的會話內容，仿佛就像日本人般的自然口吻，無特意使用較簡單的說法。雖重視文法與句型，但可先從本書認識到教室中最真實的對話。

　　本人過去曾擔任台灣的高中（延平中學）日文班與家教班的講

師，返日後加入支援自海外赴日工作的外籍人士之團體（財團法人國際勞務管理財團），故接觸到眾多學習日文的外籍學生。同時本人也在學習中文，因此亦能體會學習語言的苦與樂。

透過自己與學生之間的經驗，能體會到一些感受：「心裡有話，所以想說」、「自己有話表達不出來，只好放在心裡」。本人認為不論是學習自己的母語或外語都會有相同的情形。

「佐藤先生」與「鈴木先生」之間的會話，是教科書裡常見的對白，但終究都是別人的對話。以別人為主角的內容，儘管再怎麼練習，那只不過是別人的東西，怎麼也背不起來。不過，在這本教材裡教室內的教師與學生才是真正的主角。

首先，請試著參考這本教材，在教室裡把自己想說的話，用日文說說看！不懂的地方就問老師，然後試著表達自己想說的話。這樣一來，這段對話就會變成你自己的東西，漸漸能自然運用了。從此以後，一定會衍生出更多屬於「你自己」的會話的！極力推薦你使用這本教材，讓我們一起在教室裡說日文說到嘴巴痠吧！會話先從教室開始！

台灣台北市延平中學前日語講師

独立行政法人国際交流基金
日中交流センター

豊川　佳奈

✔ 上課請你說日語

　　鈴！鈴！鈴！上課了。又進入一片鴉雀無聲的上課氣氛。日文老師都會霹靂啪啦跟大家說一大串的日文，肯定聽得不知所云、昏頭轉向吧！說穿了，老師全程用日文上課是有道理的，他們用的是教外語時最具效果的「直接教學法」(Direct Instruction)，能讓學生完全沉浸在日文的環境中，自然而然習慣開口說日文。

　　同時，請你仔細回想一下，你第一個交到能和你說日文的朋友會是誰呢？大家都不約而同地會回答是「日文老師」吧！沒錯，剛開始學日文的時候，日文老師正是幫助我們學習日文的最佳夥伴。所以，為了將來能結交更多的日本朋友，就要把握時機多和日文老師勤練口語能力！

　　但是，經常想用日文跟老師說話時，話明明到了嘴邊，因害怕會說錯，而又硬生生吞了回去，或者曾碰到過舌頭打結、有口難言的窘境吧！不用怕，上有政策下有對策、兵來將擋水來土掩，這本《全日語入校》可以說是你的壓箱法寶，能助你一臂之力。書中會話短句個個實用，讓大家能和老師用日文暢所欲言、對答如流，讓我們搭起師生之間最順暢的溝通橋樑吧！

　　我想事先聲明一下，這本書絕對不是用來背的。這讓我想起以前有人刻苦勤奮背完整本字典的故事。在此，我們不做這種挑戰人類極限的事！一講到背東西，會馬上聯想到既單調又機械的填鴨式學習，總是讓人產生反感。與其硬背，倒不如來試試「一回生二回熟」的學習法吧！

　　我們先以第 1 堂課做為學習範圍。首先，請大家完成「課前暖身操」的預習工作，再把內文中沒學過的日文單字用字典都查過一遍，接著用眼睛掃描所有句子一次，最後再搭配有聲光碟做一回跟讀練習，並完成「隨堂測驗」。

　　經過了以上多次反覆的學習，想必在大家的腦海中已產生了深刻的印象，書中內容已內化成自己記憶中的一部分了吧！將來想要用日文表達時，便能從大腦中的記憶抽屜，輕鬆取出需要的那句日文了！

樂犬維

目次

使用說明

★ **詢問遲到原因** ◎ MP3 **10** ❶

原因2 **睡過頭**

生 (朝)寝坊しました。── ❸

師 二度としないようにしてください。

　▲ 次は絶対駄目ですよ。(下次絕對不行喔！) ── ❹

❷ 這種說法口氣較強烈，適合對經常遲到的同學說。

生：我（早上）睡晚了。
師：下次不要再犯了。 ❺

---

❶ 提供 MP3 的學習功能，可以依序號選擇不同的段落。

❷ 針對某些用法上的特別註解。

❸ 括號中的日文可省略。另外，「いいえ」和「している」中的「い」也常省略。甚至助詞的省略，都是在會話中常見的。

❹ 句子有套色部分可替換的說法，若兩句意思相同，則省略中譯。在語體方面，有些老師多用常體，但本書一律使用較能廣泛運用的敬體。而內文也介紹了部分敬語：「丁寧語」（客氣說法）、「尊敬語」、「謙讓語」的表達方式，可做為步入日本社交圈的先備知識。

❺ 中文翻譯。其中有時會以「/」表示「或者」的意思。

教室綜合用語

課前暖身操

★ **字彙預習**

① シラバス	② 授課大綱		② 仕方（しかた）	⓪ 方法	
③ 海外旅行（かいがいりょこう）	⑤ 出國旅行		④ 欠席届（けっせきとどけ）	⑤ 請假單	
⑤ 体調不良（たいちょうふりょう）	⑤ 身體不適		⑥ 健康診断（けんこうしんだん）	⑤ 健康檢查	
⑦ 急用（きゅうよう）	⓪ 急事		⑧ 補講（ほこう）	⓪ 補課	
⑨ 忘れ物（わすもの）	⓪ 忘記帶的東西		⑩ 部活（ぶかつ）	⓪ 社團活動	

★ **句型預習**

① 私（わたし）は～と申（もう）します。〔敬語：謙讓語〕我姓/叫～。

　　例 私（わたし）は高橋（たかはし）と申（もう）します。我姓高橋。

② 動詞て形 + ください。請～。

　　例 シラバスを見（み）てください。請看一下授課大綱。

③ （一緒（いっしょ）に）動詞ます形 ➡ ましょう！我們（一起）～吧！

　　例 一緒（いっしょ）に日本語（にほんご）の勉強（べんきょう）を頑張（がんば）りましょう。我們一起努力學日文吧！

④ ～はありますか？ 有～嗎？

　　例 お薦（すす）めの辞書（じしょ）はありますか？ 有推薦的字典嗎？

⑤ 動詞原形 + そうです。聽說～。

　　例 病院（びょういん）に行（い）っているそうです。聽說（他）到醫院去了。

14

1-1 " 見面寒暄 "

 初次見面 ◎ MP3 **02**

> 老師可能會說

■ 皆_{みな}さん、こんにちは。私_{わたし}は高橋_{たかはし}と申_{もう}します。漢字_{かんじ}ではこう書_かきます。

大家午安。我姓高橋。漢字是這樣寫的。

■ 今年_{ことし}は皆_{みな}さんの会話_{かいわ}の授業_{じゅぎょう}を担当_{たんとう}します。宜_{よろ}しくお願_{ねが}いします。
替 することになりました。

今年開始擔任大家的會話課。請多多指教。

■ 授業_{じゅぎょう}のシラバスを配_{くば}ります。一人一枚_{ひとりいちまい}ずつ取_とってください。
替 予定表_{よていひょう}、計画表_{けいかくひょう}

我把授課大綱發給大家。請大家一人拿一張。

■ 成績評価_{せいせきひょうか}の仕方_{しかた}について説明_{せつめい}しますので、シラバスを見_みてください。

我解釋一下成績的打法,請看一下授課大綱。

■ 来週_{らいしゅう}までに、教科書_{きょうかしょ}を買_かっておいてください。

下週前請先買好課本來上課。

■ ノートも用意_{ようい}しておいてください。

請大家也要先準備好筆記本。

■ 今学期の授業を楽しみにして（いて）ください。

敬請期待本學期的課程。

■ 一緒に日本語の勉強を頑張りましょう。

大家一起努力學日文吧！

 學生可以這樣說

■ 教科書はどこで買えますか？

課本在哪裡可以買得到？

■ 大学の生協で教科書が買えますか？

我們能在大學的合作社買到課本嗎？

■ お薦めの辞書はありますか？

您有沒有推薦的字典？

■ 先生はどこの出身ですか？

　▲
　替 先生はどちらのご出身ですか？（敬語：尊敬語）

　▲
　替 先生のご出身はどちらですか？（敬語：尊敬語）

老師，您是哪裡人呢？

■ 先生の趣味は何ですか？

　　　　　▲
　　　　　替 ご趣味（敬語：尊敬語）

老師，您的興趣是什麼呢？

■ 私の名前を日本語でどう読みますか？

我的名字用日文該怎麼念呢？

師 初_{はじ}めまして、私_{わたし}は高橋_{たかはし}と申_{もう}します。宜_{よろ}しくお願_{ねが}いします。

替 致_{いた}します

（敬語：謙譲語）

生 初_{はじ}めまして、私_{わたし}は陳_{チン}です。宜_{よろ}しくお願_{ねが}いします。

替 致_{いた}します（敬語：謙譲語）

師：初次見面，我姓高橋，請多多指教。
生：初次見面，我姓陳，請多多指教。

「初_{はじ}めまして」和「始_{はじ}めまして」相同，但後者新的世代比較少用。

★ **平時問候** ◎ MP3 **03**

❶

師 皆_{みな}さん、<u>おはようございます</u>。

替 こんにちは（午安）/ こんばんは（晩安）

生 山田先生_{やまだせんせい}、おはようございます。

師：大家早安。
生：山田老師，早安。

❷

師 今日（きょう）は早（はや）いですね。

生 今日（きょう）は早（はや）く終（お）わりました。

師 ① 今日（きょう）は元気（げんき）ですね。／ 今日（きょう）は元気（げんき）いっぱいですね。

　　替 ないですね。（沒有）

　　② 今日（きょう）はやる気（き）（が）ありますね。／ 今日（きょう）はやる気満々（きまんまん）ですね。

- -

師：今天來得真早呢！

生：今天（上一堂課）下課得早。 ●

師：① 今天很有精神喔！

　　② 今天充滿幹勁喔！

> 在日本大學
> 一堂課90分鐘。

★ **確認進度** ◎ MP3 **04**

師生過招

❶

師 先週（せんしゅう）は何（なん）ページまでですか？

　　替 何課（なんか）までですか（上到哪一課了？）

　　替 どこまでやりましたか（上到哪裡了？）

生 ４７ページまでです。

　　替 第五課（だいごか）（第五課）

18

師 じゃあ、４７ページを開けてください。

師：上星期上到哪一頁了？
生：上到第 47 頁了。
師：那麼請大家翻到（課本）第 47 頁。

❷

師 今日はどこからか分かりますか？

生 今日は５３ページからです。

師：大家知道今天要從哪裡開始上嗎？
生：今天要從 53 頁開始。

★ 進入課程 　◎ MP3 05

 老師可能會說

■ そろそろ始めましょう（か）。いいですか？
　　　　　　　　　▲
　　　　　　　　　替 宜しい（客氣說法）

我們要上課了。準備好了嗎？

■ では授業を始めます。
　▲
　替 今から
好，現在我們開始上課。

1-2 "點名時間"

 老師可能會說

■ 出席を取ります。
　　▲ 替 出欠
　老師要點名了。

> 「点呼」一詞雖也有「點名」之意，但或許會給人在軍隊的感覺。

■ 名前を呼ばれた人は「はい」と言って、手を挙げてください。
　請點到名字的人舉手答「はい」。

■ 鈴木さん？鈴木さん、いますか？
　鈴木同學？鈴木同學在嗎？

■ 鈴木さんはいますか？
　（問大家）鈴木同學在嗎？

■ 誰か知っていますか？
　　▲ 替 知らないですか
　有沒有人知道（他怎麼了）？

> 基本上老師稱呼男生「～君／～さん」；女生「～さん」。

■ （今日は）鈴木君はどうしましたか？
　（今天）鈴木同學發生什麼事了？

■ 誰か今日鈴木君を見ましたか？
　有沒有誰今天看到了鈴木同學？

■ 今日は誰が欠席していますか？

今天誰沒來呢？

師　川久保君がどこにいるか知っている人はいますか？
　　かわ　く　ぼくん　　　　　　　　　　　し　　　　　　　　　ひと

生 ① まだ来ていないです。
　　　　き

② 休みだそうです。
　　やす

③ いないです。

④ まだ電車だそうです。
　　　　でんしゃ

⑤ 病気みたいです。
　　びょうき

⑥ 学校をやめたみたいです。
　　がっこう

⑦ 知らないです。
　　し

因是轉述他人情況，
故多用「～そうです」
（聽說）或是「～みたい」
（好像）等口吻。

師：有人知道川久保同學的去向嗎？

生：① 他還沒來。

　　② 他請假。

　　③ 他不在。

　　④ 他還在電車上。

　　⑤ 他生病了。

　　⑥ 他不念或休學了。

　　⑦ 不知道。

師生過招

「い」在口語中常省略。

師 最近、佐藤さん、授業に来て（い）ないですね。

師 佐藤さんがどうしたのか知っていますか？

生 なんか具合が悪いらしいです。昨日久々に来たんですけど、今日
は来ていないです。　　　　　　　　　　▲ 久しぶりに
　　　　　　　　　　　　　　　　替

師：最近佐藤同學都沒來上課。

師：你們知道佐藤同學怎麼了嗎？

生：聽說他身體好像不太舒服。昨天終於來上課了，但是今天又沒來上課。

師生過招

師 内野さん、大谷さんは？

生 ① 電車が遅延しているらしくて、もう来ると思います。

　　② もう来ていますよ。

③ トイレに行ってます。もうすぐ戻ります。

師：内野同學，大谷同學呢？

生：① 電車好像誤點了，我想他馬上就會過來了。

　　② 他已經在路上了喔！

　　③ 他去上廁所了。馬上就會回來。

★ 問請假的原因　◎ MP3 **09**

状況 1 | 當學生知情時

師 中村さん、どうして宮内さんが休みか知っていますか？

生 ① 足を怪我して、病院に行っているそうです。

② 体調が悪いみたいです。

　▲ 替 調子

③ 家族と海外旅行に行ったらしいです。

師：中村同學，你知道宮內同學為什麼沒來上課嗎？

生：① 聽說他好像是腳受了傷，到醫院去了。

　　② 他好像身體不舒服的樣子。

　　③ 聽說他和家人出國玩了。

師 大貫さん、どうして渋佐さんが休みか知っていますか？

生 よくわからないです。すみません。

師 はい、わかりました。ありがとうございます。

師：大貫同學，你知道渋佐同學為什麼沒來上課嗎？

生：我不太清楚。不好意思。

師：嗯，我知道了。謝謝你。

1-3 遲到早退

師生過招

生 遅れてすみません。

師 なんで遅れて来たんですか？何かあったんですか？

　　替 遅れたの

生：對不起，我來晚了。

師：你怎麼遲到了？發生了什麼事嗎？

原因 1　忘了錢包

生 財布を家に忘れたことに気付いて、いったん戻りました。

師 今度は気を付けてください。

　　替 次

生 はい。すみません。

生：我發現我把錢包忘在家裡，所以又跑回家了。

師：下次要小心喔！

生：好的。不好意思。

原因 2 睡過頭

生 (朝)寝坊しました。

師 二度としないようにしてください。

> 這種說法口氣較強烈，適合對經常遲到的同學說。

替 次は絶対駄目ですよ。（下次絕對不行喔！）

生：我（早上）睡晚了。

師：下次不要再犯了。

原因 3 交通問題

❶

生 バスが渋滞して遅れました。

師 はい。わかりました。

生：坐公車遇到塞車，所以晚了。

師：好的。我知道了。

> 電車誤點是日本最常見的遲到原因。

❷

生 電車の遅延です。

師 遅延証明書を出してください。

生 ありません。

師 残念ですが、今回は遅刻扱いになります。次回は必ず遅延証明書を持ってきてください。

生：電車誤點了。

師：請把誤點證明單交給我。

生：我沒有。

師：很不好意思，這次我要算你遲到。下次一定要帶誤點證明單來。

原因4 去其他地方

生 学務課に行ってきました。

替 医務室（醫務室）

師 もう大丈夫ですか？遅れないようにしてください。

生 はい。ありがとうございます。

- -

生：我剛去了一趟學生課務處。

師：已經沒事了嗎？盡量不要遲到喔！

生：好的。謝謝老師。

原因5 身體不適

生 今朝、ちょっと調子が悪くて…

替 熱が出て…（發燒）

替 お腹が痛くて…（肚子痛）

師 もう大丈夫ですか？

生 はい、すみません。

師 お医者さんに見てもらいましたか？

生 いいえ、家で休んでいました。

師 今は１０５ページです。

生 はい。

- -

生：今天早上有點不太舒服。

師：已經沒事了嗎？

生：是的，不好意思（讓您擔心了）。

師：去看醫生了嗎？

生：沒有，我在家休息了。

師：現在在上 105 頁。

生：好的。

 **★ 提出早退** ◎ MP3 **11**

 老師可能會說

■ あと１０分したら会議があるので、今日は授業が早く終わり
ます。

老師再過十分鐘有個會要開，所以今天就提早下課。

 學生可以這樣說

■ 土屋さんは体調が悪いので、今日は早退しました。

　　替 気分

土屋同學身體不適，今天提早離開了。

①

生 先生、今日は用事があるので、早退してもいいですか？

師 はい、結構です。今度は欠席届を持ってきてください。

生：老師，今天我有點事，可以提早離開嗎？

師：好的，沒問題。下次請你把請假單帶過來。

> 「が」後方的「よろしいで
> すか？」（可以嗎?）省略了，沒有
> 明說。這種點到為止的委婉說法
> 經常使用喔！

②

生 先生、来週の授業は、就職の説明会があるので、早退したいの

ですが。

師 ええ、いいですよ。就職活動、頑張ってくださいね。

生：老師，下星期上課當天，我要去參加（學校或公司）的就業說明會，所以想
　　提早離開。

師：嗯，沒問題。找工作要加油喔！

> 日本的大學生從四年級
> 就開始找工作
> （就職活動）了。

1-4 "請假缺課"

★ 詢問原因 ◎ MP3 **12**

師生過招

❶

師 宮本さん、先週授業に来なかったけど、どうしたんですか？

生 風邪はそんなにひどくないんだけど、一応休みました。すみません。

師 今調子は大丈夫ですか？お大事に。

生 だいぶ良くなりました。もう大丈夫です。
ありがとうございました。

> 其他請假的原因，
> 請參考 註1。

師 病院に行きましたか？

生 【肯定回答】はい、行きました。

【否定回答】いいえ、家で休んでいました。

師 欠席届は持っていますか？

替 お持ちですか（敬語：尊敬語）

生 【肯定回答】はい、これ（です）。

師 お預かりします。（敬語：謙譲語）ありがとうございます。

30

生【否定回答】いいえ、持っていません。来週持ってきます。

師 来週、出してください。お願いします。

師：宮本同學，你上星期怎麼沒來上課？

生：雖然不是什麼很嚴重的感冒，但還是請假了。不好意思。

師：現在身體還好嗎？請多保重。

生：身體好多了。已經沒事了。謝謝老師。

師：去醫院了嗎？

生：【肯定回答】嗯，去過了。

　　【否定回答】沒有，我在家休養。

師：請假單帶來了嗎？

生：【肯定回答】嗯，在這兒。

師：我收下了。謝謝你。

生：【否定回答】沒有，我沒帶。我下星期再帶過來。

師：請你下個星期交給我。麻煩你了。

註1 其他請假的原因可能有：

・風邪です。我感冒了。

・急用ができたからです。因為有急事。

・用事があったので、実家に帰っていたんです。有事返鄉了。

・具合が悪くて、病院に行っていました。身體不舒服，去了醫院。

・体調不良で ... 身體不舒服。

・歯医者に行っていました。去看牙醫了。

・事故に遭いました。出了車禍。

・おばあちゃんが亡くなったんです。外婆過世了。

・部活が忙しかったです。社團有事要忙。

・健康診断です。去做健康檢查。

・寝坊しました。睡過頭了。

・（電車で）寝過ごしました。（坐電車時）睡過頭了。

❷

師 伊藤さん、こんにちは。先週は来てなかったですね。他の人から

伊藤さんは熱が出たと聞きましたけど、本当ですか？

生 はい。先週風邪をひいて、熱も出ました。心配を掛けてすみません。

替 ▲ご心配をお掛けしまして

（敬語：謙譲語）

師：伊藤同學，你好。上星期你沒來上課吧！

　　我聽其他同學說你發燒了，是真的嗎？

生：是的。我上星期感冒又發燒。讓老師擔心了，不好意思。

★ 看見受傷的同學來上課 ◎ MP3 **13**

師 橋本さん、足は大丈夫ですか？

生 あと二週間くらいで治ると思います。

師 お大事に。よく休んでください。早く治るといいですね。

生 お心遣いありがとうございます。

....

師：橋本同學，你的腳還好吧？

生：我想再過兩個星期就會好了。

師：請多保重。要好好休養喔！祝你早日康復。

生：謝謝您的關心。

★ 提前請假 ◎ MP3 **14**

也可以說成「授業を
休みたい」喔！

生 先生、来週は試合がある [1.] ので、授業を欠席したい [2.] のですが。

　▲
　替 1. 家の急用ができたので（家有急事）

　▲
　替 2. させていただきたい（敬語：謙譲語）

師 はい。大丈夫です。今度の授業で証明書を出してください。

....

生：老師，我下星期有比賽，所以想要請假。

師：好的，沒問題。下次上課請把證明單交給我。

1-4 請假缺課　**33**

❶

師 上沼さん、欠席についてちょっと確認したいのですが。

生 はい。

師 出欠簿によると、10月23日と、10月27日と、11月2日と、11月7日の四回欠席になっていますね。10月23日と11月2日の欠席届はちゃんともらって（い）ますけど、後のはまだもらっていません。後日、必ず持ってきてくださいね。

生 わかりました。ありがとうございます。

....

師：上沼同學，我想跟你確認一下關於缺課的事情。

生：好的。

師：我看了點名簿，10月23日、10月27日、11月2日、11月7日共四天沒來上課喔！10月23日和11月2日的請假單你已經給我了，但是其他的還沒拿到。之後請你務必帶過來。

生：我知道了。謝謝老師。

❷

生 先生、私は<u>全部で何回欠席していますか</u>？

　　　▲替 今まで何回休んでいますか

師 三回です。田中君、こんなに休むと単位が取れなくなりますよ。

生 これからは欠席しないように注意します。

生：老師，我總共缺過幾次課？

師：三次。田中同學，這樣缺課下去會拿不到學分喔！

生：從今以後我會盡量不缺課。

★ 轉達訊息　◎ MP3 16

① 師生過招

❶

師 新倉さん、<u>再来週中間テストがあること</u>を徳永さんに伝えてもらえませんか？　替 来週教室変更のこと（下週換教室的事）
替 来週小テストないこと（下週不小考的事）

生 はい。わかりました。任せてください。<u>ちゃんと伝えます。</u>
替 伝えておきます。
替 言っておきます。

師 ありがとうございます。宜しくお願いします。

師：新倉同學，可以幫我轉告德永同學說下下星期有期中考嗎？

生：好的，我知道了。包在我身上！我會轉達的。

師：謝謝你。麻煩你了。

❷

生 ① 先生、山崎さんは体の具合が悪いので、今日は休みます。

② 今朝、山崎さんから連絡が来て、頭が痛いので<u>休むと言っていました。</u>

替 休むそうです
替 休みます

③ 山崎さんは病院に寄るので、少し遅れて来るそうです。

師 はい、わかりました。わざわざありがとうございます。

生：① 老師，山崎同學身體不太舒服，今天要請假。

　　② 今天早上，山崎同學告訴我說他頭痛要請假。

　　③ 山崎同學說他要去看一下醫生，會晚一點到。

師：好的，我知道了。謝謝你特地轉達。

1-5 通知訊息

★ **檢定訊息** ◎ MP3 **17**

 老師可能會說

■ 皆_{みな}さん、ちょっと宜_{よろ}しいですか？
　　　　　　　替 聞_きいてください。

請大家注意一下好嗎？

■ こちらの試験情報_{しけんじょうほう}を見_みてください。

看一下這裡的測驗簡章。

■ 試験_{しけん}に興味_{きょうみ}を持_もっている人_{ひと}は、是非_{ぜひ}受_うけてみてください。

　　　　　　　　替 チャレンジして（挑戰看看）
　　　　　　　　替 挑戦_{ちょうせん}して
　　　　　　　　替 腕試_{うでだめ}しして

對測驗有興趣的人，請踴躍參加。

■ 十二月_{じゅうにがつ}には日本語能力検定試験_{にほんごのうりょくけんていしけん}があります。

十二月有日文檢定。

■ 締切日_{しめきりび}までに、申_{もう}し込_こむのを忘_{わす}れないでください。

請別忘了在截止日前報名。

> 也可簡稱為
> 「日本語検定_{にほんごけんてい}」喔！

👩 老師可能會說

■ 皆さん、先週台風の影響で休講になったので、これから補講
期間で補講（授業）をやります。日にちが決まり次第、連絡
します。

大家注意一下，上星期因為颱風的影響而停課了一次，所以下次會在補課
週幫大家補課。日期決定後再通知大家。

■ 皆さん、ちょっと休講について話をしたいので聞いてください。

我想說一下有關停課的事，請大家注意。

■ 来週の金曜日の３限（目）は急用ができたので休みます。

下星期五的第三節課老師有急事，所以不能來上課。

■ 補講授業は後日連絡するので、宜しくお願いします。

我會擇日通知補課事宜，請大家多多配合。

■ 先週休講にしましたが、補講を来週の水曜日に行います。

上星期停課，而下星期三要補課。

「が」這個接續助詞有「逆接」
與「対比」兩個功能，這裡則是
「対比」的「が」喔！

老師可能會說

■ この間、学生主事室からスピーチコンテストのことで連絡が
ありました。二つの書類は私が持っているので、興味がある
人は、授業の後、前に聞きに来てください。
　　　替 私のところに（到我這邊）
　　　替 教壇まで（到講台）

前陣子學生事務處要我跟大家宣布一下演講比賽的活動。兩份相關的資料
在我這邊，請有興趣的同學下課後到前面來詢問。

★ 更動教室　◎ MP3 **20**

師生過招

師 皆さん、来週は教室が変わります。3階のR301教室に来てく
ださい。　替 来週、教室が変更します。
　　　　　　　替 変更となりました

生 これからもR301教室ですか？

師 違います。来週の授業だけです。再来週から、もとの教室に来て
ください。

師：大家注意一下，下星期上課的教室有所更動。請到三樓的 R301 教室。

生：以後都是在 R301 教室嗎？

師：不是，只有下星期的課而已。下下星期請回到原來的教室。

★ 返回研究室　◎ MP3 21

 老師可能會說

■ 皆さん、すみません。研究室に忘れ物をしたので、取りに行ってきます。ちょっと待っていてください。

各位同學，不好意思，老師有東西忘在研究室沒帶過來，所以要回去一趟。請大家稍等一下。

■ その間に、教科書の 25 ページを自習していてください。

這段時間請自己溫習課本的第 25 頁。

★ 演講比賽　◎ MP3 22

 師生過招

師 今度、スピーチコンテストに参加する人はいますか？

生 はい。私です。

師 大川さん、今回は初めてですか？

生 【肯定回答】はい、今回は初めてです。

【否定回答】いいえ、去年出ました。

師 良かったら、一緒にスピーチの練習をしましょう。

今週はいつ頃都合がいいですか？

生 今週の水曜日のお昼はいかがですか？

師 はい。いいですよ。昼ごはんが終わってから、１２時半ぐらいに、

研究棟の５２１号室に来てください。

生 はい。わかりました。ありがとうございます。

師：這次有人要參加演講比賽嗎？

生：老師，我要參加。

師：大川同學，這次是你第一次參加嗎？

生：【肯定回答】是的，這次是我第一次參加。

【否定回答】不，我去年參加過。

師：方便的話，我們一起練習演講吧！

這個星期什麼時候有空呢？

生：這個星期三中午您覺得如何？

師：好，沒問題。吃完中飯後，大概 12 點半左右到研究大樓的 521 研究室來。

生：好的，我知道了。謝謝老師。

★ **園遊會** ◎ MP3 **23**

❶

師 今週、金曜日から大学で学園祭がありますが、皆さん来ますか？

生 はい。私の部活ではタピオカミルクティを売りますよ。先生、是非遊びに来てください。

- -

師：這個星期五開始學校有園遊會，大家都會來嗎？

生：會。我的社團會賣珍珠奶茶喔！老師一定要來玩喔！

❷

師 来週、学園祭があると聞いたんですけど、皆さんは参加しますか？

生 【肯定回答】行きます。

　　【否定回答】行きません。

- -

師：我聽說下星期要舉辦園遊會，大家都會參加嗎？

生：【肯定回答】我要去。

　　【否定回答】我不去。

1-6 " 閒話家常 "

★ 髮型　◎ MP3 **24**

師生過招

師 髪を切りましたね。

【向女生說】① すごく綺麗ですね。

　　　　　　② かわいいですね。

【向男生說】① 爽やかですね。

　　　　　　② カッコいいですね。

【男女皆宜】① すごくいいですね。

　　　　　　② 似合いますね。

　　　　　　③ 春っぽいですね。

　　　　　　④ 夏っぽいですね。

　　　　　　⑤ 秋っぽいですね。

生 ありがとうございます。

師 髪はどこで切ったんですか？

生 家の近くです。

師 高かったですか？

生 いえ、だいたい３０００円ぐらいです。

・・

師：你剪頭髮了耶！

　　【向女生說】① 很漂亮喔！　② 很可愛喔！

　　【向男生說】① 很清爽耶！　② 很帥氣耶！

　　【男女皆宜】① 很不錯喔！　② 很適合你喔！　③ 很有春天的氣息喔！

　　　　　　　④ 很有夏天的氣息喔！　⑤ 很有秋天的氣息喔！

生：謝謝老師。

師：你是在哪邊剪的頭髮？

生：就在家附近。

師：（剪頭髮）很貴嗎？

生：不貴，差不多 3000 日圓左右。

★ 文具　　◎ MP3 25

 老師可能會說

■ ペンが落ちていますよ。

　你的筆掉了。

■ 本がかばんから出ていますよ。

　你的書從包包裡掉出來了。

■ 辞書、忘れたら大変ですよ。

　把字典忘在這兒就糟了喔！

師 これ、かわいいですね。どこで買^かったんですか?

> **替** 新^{あたら}しいですね。（好新喔！）

> **替** デザインがいいですね。（好有設計感喔！）

> **替** 目立^{めだ}ちますね。（好搶眼喔！）

生 先週^{せんしゅう}、三越^{みつこし}で買^かったんです。

師：這個好可愛喔！在哪裡買的呢？

生：我上星期在（新光）三越買的。

★ **假期**　　◎ MP3 **26**

❶

師 最近^{さいきん}、どうですか?

生 ① 最近元気^{さいきんげんき}です。

> ② ちょっと忙^{いそが}しいです。

> ③ 体^{からだ}の調子^{ちょうし}が悪^{わる}いです。

師：最近如何？

生：① 我最近很好。

　　② 有點忙。

　　③ 身體不太好。

❷

師 今度の夏休みに、どこかに行きますか？

生 ① 友達と海に行こうって話しています。

② 実家に帰ります。

③ 家族で韓国旅行に行きます。

④ 日本へ短期研修に行きます。

師：今年暑假你有要去哪裡玩嗎？

生：① 和朋友聊著要去海邊玩。

　　② 我要返鄉。

　　③ 和家人一起去韓國旅行。

　　④ 去日本短期遊學。

❸

生 先生、休みの間、何をしましたか？

　　　　　　　替 なさいましたか（敬語：尊敬語）

師 海外旅行に行ってきました。

生：老師，放假時都做了些什麼呢？

師：出國玩了一趟。

師生過招

状況 1 請老師吃東西

生 先生、これ、美味しいですよ。

師 【接受】ありがとう（ございます）。

【婉拒】ありがとう（ございます）。お気持ちだけ受け取っておきます。

- -

生：老師，這個很好吃喔！

師：【接受】謝謝你。

【婉拒】謝謝你。我心領了。

状況 2 邀請老師參加活動

生 先生、Ｓクラ（ス）は皆来週の日曜日にＢＢＱに行くんですけど、先生も一緒に来ませんか？

師 【肯定回答】はい、一緒に行きましょう。詳しいことはまたメールしてください。

▲ 詳しく / 詳細

【否定回答】すみません。用事があるので、また今度誘ってください。

生 わかりました。

師 わざわざ誘ってくれてありがとうございます。

生：老師，Ｓ班大家下星期天要去烤肉，老師要不要也一起來？

師：【肯定回答】好啊，我們一起去吧！你們再把詳情 mail 給我。

　　【否定回答】不好意思，我（那天）有事。下次再找我吧！

生：我知道了。

師：謝謝你們特地來邀請我。

狀況 3　邀請老師到打工的地方去

生 私は台北駅のそばにある横浜屋というラーメン屋さんでバイトしています。先生、お時間があったら、是非来てみてください。

師 はい、わかりました。いつ働いていますか？

生 毎週月曜（日）の夜からです。

師 じゃあ、時間があれば行きますね。

生：我現在在台北車站旁一家叫做橫濱屋的拉麵店打工。老師如果有時間的話，
　　一定要來吃喔！

師：好的，我知道了。你什麼時候有班？

生：每週一的晚上。

師：那我有空的時候就過去。

老師和學生都可以這樣說

■ <u>スーツ</u>（が）とてもお似合いですね。

替 ネクタイ（領帶）

您穿西裝真好看耶！

■ <u>ズボン</u>に何かゴミが付いていますよ。

替 洋服（衣服）

你的褲子上有髒東西。

■ ズボンが汚れていますよ。

你的褲子髒了。

■ ボタンが取れていますよ。

替 が外れていますよ（沒扣好）

替 を掛け間違えていますよ（扣錯了）

你的鈕釦掉了。

■ 髪に何か付いていますよ。

你的頭髮上有東西。

■ <u>ファスナー</u>が開いていますよ。

替 かばん（一般包包的統稱）/ リュック（後背包）

你的拉鏈開了。

★ 日文解碼

　　　　　　　（日文假名）　　　　　　　　　　（中文意思）

① 出欠 _____　　_____

② 欠席 _____　　_____

③ 怪我 _____　　_____

④ 渋滞 _____　　_____

⑤ 風邪 _____　　_____

★ 一搭一唱

（請依左方的中文提示，填入適當的搭配詞語。）

① 打開 47 頁　　　47 ページを _____

② 開始上課　　　授業を _____

③ 發燒　　　　　熱が _____

④ 身體不適　　　体調が _____

⑤ 點名　　　　　出席を _____

① 我去了一趟醫務室。 _____

② 我會轉達的。 _____

③ 老師一定要來玩喔！ _____

④ 你的頭髮上有東西。 _____

① 老師：おはようございます。

　回答：_____

② 老師：もう大丈夫ですか？

　回答：_____

③ 老師：欠席届はお持ちですか？

　回答：_____

④ 老師：なんで遅れて来たんですか？

　回答：_____

課堂教學用語

★ 字彙預習

①	辞書（じしょ）	[1] 字典		②	単語（たんご）	[0] 單字
③	冷房（れいぼう）	[0] 冷氣		④	例文（れいぶん）	[0] 例句
⑤	トイレ	[1] 廁所		⑥	相談（そうだん）	[0] 商量
⑦	生協（せいきょう）	[0] 大學合作社		⑧	進路（しんろ）	[1] 將來的出路
⑨	内職（ないしょく）	[0] 上課偷做別的事		⑩	夏休み（なつやすみ）	[3] 暑假

★ 句型預習

① **動詞て形 ＋ みます。** 試著～。

例 文（ぶん）を作（つく）ってみてください。 請試著造句看看。

② **動詞ます形的否定形ません ＋ か？**（邀請對方等）要不要～？

例 一緒（いっしょ）に食事（しょくじ）をしませんか？ 方便一起用餐嗎？

③ **動詞否定形 ＋ でください。** 請不要～。

例 日付（ひづけ）を書（か）き忘（わす）れないでください。 別忘了寫上日期。

④ **動詞て形 ＋ もいいですか？** 我可以～嗎？

例 メールで質問（しつもん）を送（おく）ってもいいですか？
我可以用 Email 問問題嗎？

⑤ **動詞て形 ＋ もらえませんか？** 可以請你～嗎？

例 黒板（こくばん）を消（け）さないでもらえますか？ 黑板可以請你不要擦嗎？

★ **上課指令** ◎ MP3 **29**

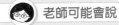 老師可能會說

■ １５４ページを開けてください。第五課ですね。

請翻到第 154 頁。我們來看第五課。

■ では、一緒に本文を<u>読みましょう</u>。

　　　　　　　替 読んでみましょう（念念看吧）

接下來，我們一起來念一下課文。

■ 次のページにいきます。

我們來看下一頁。

■ では、中国語に<u>訳してみます</u>。

　　　　　　　替 で意味を説明します（用中文來解釋一下意思）

那老師（把意思）翻成中文。

■ 本文の中で<u>わからない</u>単語は、辞書で調べてください。

　　　　　　　替 読めない（不會念）

請用字典查一下課文裡看不懂的單字。

■ 辞書で調べてもわからない言葉があれば、先生に聞いてください。**替** に載ってない単語（沒收錄的單字）

如果查了字典還是有不懂的單字，請來問老師。

■ 質問^{しつもん}があればいつでも聞^きいてください。

替 何^{なに}かわからない<u>ところ</u>があったら（如果有什麼不懂的地方）

替 こと

如果有問題的話，請隨時發問。

■ この単語^{たんご}¹は重要^{じゅうよう}²だから、囲^{かこ}んで³おいてください。

替 1. 文^{ぶん}（句子） 2. 大切^{たいせつ}（重要） 3. 赤線^{あかせん}を引^ひいて（畫紅線）

這個單字很重要，請先把它圈起來。

■ 教科書^{きょうかしょ}を見^みてください。

請大家看一下課本。

■ 教科書^{きょうかしょ}に戻^{もど}りますね。

我們回到課本吧！

■ これから、漢字^{かんじ}を書^かいていきます。

替 じゃあ

那老師把漢字一個一個寫出來。

■ 終^おわりましたか？

替 出来^{でき}ましたか？ / 書^かき終^おわりましたか？

大家寫（或抄）完了沒有？

■ じゃあ、もう少^{すこ}し待^まちます。

那（我們）再等一下。

■ あと二^に三分^{さんぷん}待^まちます。

那（我們）再等個兩三分鐘。

■ じゃあ、ノートを出して本文を一回書いてください。

那請把筆記本拿出來，抄一遍課文。

■ （次に）いきますよ。

▲替 次ですよ / 次に進みましょう / 続き、いきましょう

我們要往下看了喔！

■ 次（に）「決して～ない」という構文を見てください。

接下來請大家看一下句型「決して～ない」。

■ それから「決して～ない」という構文で文を作ってみてください。

然後，請大家試著用句型「決して～ない」來造句看看。

■ ３６ページのすべての動詞に線を引いてください。

▲替 囲んで（圈起來）

36 頁所有的動詞都要畫線。

■ 次を見てください。

請大家看下面的部分。

■ ちょっと先に進めますね。

▲替 もうちょっといきますよ

我們再往前看一點。

■ 最後、いきますよ。

我們來看最後一段吧！

①

師 熊谷さん、次の文を中国語に訳して<u>みてください</u>。
<small>くまがい</small> <small>つぎ ぶん ちゅうごく ご やく</small>

替 くれませんか？

（幫我翻譯一下好嗎？）

生 はい。

- -

師：熊谷同學，請試著把下面的句子翻譯成中文看看。

生：好的。

②

師 清水さん、２０ページの上（の所）の三つの例文を読んでくださ
<small>しみず</small> <small>うえ ところ みっ れいぶん よ</small>
い。

生 はい。

師 はい。ありがとうございます。

替 いいですね / そうですね（好的 / 沒錯）

> 其他方位的說法
> 請看下面 **註2**。

- -

師：清水同學，請念一下第 20 頁上方的三個例句。

生：好的。

師：好的。謝謝你。

左上（ひだりうえ）＝左斜め上（ひだりななめうえ） 左上方	上（うえ） 上方	右上（みぎうえ）＝右斜め上（みぎななめうえ） 右上方
左（ひだり） 左方	真ん中（まなか） 正中間	右（みぎ） 右方
左下（ひだりした）＝左斜め下（ひだりななめした） 左下方	下（した） 下方	右下（みぎした）＝右斜め下（みぎななめした） 右下方

★ **確認教学内容** ◎ MP3 **31**

 老師可能會說

■ **オーケーかな？**

OK 嗎？

■ **大丈夫（だいじょうぶ）ですか？**

還可以嗎？

■ **ここまでの内容（ないよう）は大丈夫（だいじょうぶ）ですか？**

上到這邊都沒問題嗎？

■ **以上（いじょう）、これで<u>いい</u>ですか？**

替 宜（よろ）しい（客氣說法）

以上的部分都沒問題嗎？

■ 本文（の<u>ところ</u>）は聞いて分かりますか？

▲
🔊 内容（内容）

課文（的地方）都聽得懂嗎？

■ 何か分からないところはありませんか？

有沒有什麼不懂的地方呢？

■ 分かりましたか？

都懂了嗎？

■ 何か例文はありますか？

有沒有什麼例句呢？

■ 分かりにくいですか？

很難懂嗎？

■ 分からなかった<u>ところ</u>はありますか？

▲
🔊 言葉（字）

有不懂的地方嗎？

■ 気になるところはありますか？

有沒有想要問的地方？

■ 聞き分けられますか？

能聽得出不同嗎？

■ もう少しゆっくり説明しましょうか？

要不要解釋得再慢一點呢？

2-2 教師評價

★ **口語表現** ◎ MP3 **32**

老師可能會說

■ **いいですね。**
（說得）很好。

■ <ruby>流暢<rt>りゅうちょう</rt></ruby>**ですね。**
（說得）很流利。

■ <ruby>上手<rt>じょうず</rt></ruby>**になりましたね。**
你變厲害了。

■ <ruby>語彙力<rt>ごいりょく</rt></ruby>**がついてきましたね。**

　▲替 ボキャブラリーが<ruby>増<rt>ふ</rt></ruby>えましたね

　　▲替 <ruby>単語量<rt>たんごりょう</rt></ruby>（單字量）

　你懂的字變多了。

■ **ぺらぺら**<ruby>話<rt>はな</rt></ruby>**せるようになりましたね。**
你越說越流利了。

■ **もっと**<ruby>練習<rt>れんしゅう</rt></ruby>**してください。**
再多練習練習。

師 はい、これ。
替 どうぞ。

生 <ruby>間違<rt>ま ちが</rt></ruby>えた。

師：這是你的考卷。

生：我寫錯了。

 老師可能會說

情況 **1** 依分數給評語

【100 分】

■ <ruby>満点<rt>まんてん</rt></ruby>ですよ。（おめでとう。）

你考了滿分喔！（恭喜你。）

■ <ruby>全部合<rt>ぜん ぶ あ</rt></ruby>っていましたよ。

你全都寫對喔！

■ よくできていますね。／よくできましたね。

你考得很不錯喔！

■ 素晴(すば)らしいですね。

你真了不起喔！

■ よく頑張(がんば)りましたね。

你很努力喔！

【90 〜 80 分】

■ (なかなか) いいですね。

考得（還算）不錯喔！

【70 〜 60 分】

■ もう少(すこ)し頑張(がんば)りましょうね。

　　▲頑張(がんば)ってください

要再加油喔！

【不及格時】

■ もっと頑張(がんば)りましょうね。

　　▲頑張(がんば)ってください / 努力(どりょく)してください

再加把勁吧！

情況 2　表達讚美

■ いつも小(しょう)テストは満点(まんてん)ですね。

每次小考都考滿分喔！

■ いつも小(しょう)テストの点数(てんすう)がいいですね。

每次小考都考得不錯喔！

■ 時岡さんは努力していますね。
　　　　　▲ 替 頑張って

時岡同學真是努力啊！

■ 長谷川さんはよく勉強していますね。

長谷川同學真用功啊！

■ その調子で頑張ってください。

要繼續保持喔！

■ 前よりだいぶ上達しましたね。

比上次進步很多喔！

■ だんだん成績が良くなって（きて）いますね。

成績越來越好了喔！

■ 字が綺麗ですね。
　　　▲ 替 綺麗な字ですね。

你字寫得很漂亮。

情況3 給予指正

■ もう少し字を丁寧に書いてください。
　　　　　▲ 替 丁寧な字を

字再寫端正一點。

■ 日付を書き忘れないでください。

別忘了寫上日期。

■ これ、ケアレスミスですよ。

這題，粗心大意喔！

■ 平仮名、よく間違えていますね。

平假名常出錯喔！

■ カタカナの勉強にもっと力を入れてください。

　　　　　替 をよく勉強して

片假名要再下一點功夫。

■ 平仮名の間違いが多いので、正確に覚えるように努力してく

ださい。

你的平假名錯很多，要多下功夫背熟喔！

■ 漢字の書き方に注意してください。

要注意漢字的寫法。

■ この字は書き方が間違っています。こうです。

　　　　替 の

這個字寫錯了。要這樣寫。

情況 1　感謝讚美

■ いいえ、とんでもないです。
哪裡哪裡。

■ ありがとうございます。
謝謝您。

情況 2　回應指正

■ そうですね。頑張（がんば）ります。
是的，我會加油的。

■ そうですね。気（き）を付（つ）けます。
是的，我會注意的。

師生過招

師 試験（しけん）は難（むずか）しかったですか？

生 とても難（むずか）しかったです。

師 あんまり復習（ふくしゅう）できなかったんですか？

生 そうですね。今回（こんかい）は勉強不足（べんきょうぶそく）でした。

替 勉強（べんきょう）する時間（じかん）がなかった（我沒時間 K 書）

66

師 <ruby>今度<rt>こんど</rt></ruby>は<ruby>頑張<rt>がんば</rt></ruby>ってください。

替 ▲ <ruby>次<rt>つぎ</rt></ruby>

師：考試難嗎？

生：很難。

師：沒有好好復習嗎？

生：對呀。這次準備得不夠。

師：下次要好好努力喔！

★ 報告後的講評　◎ MP3 **34**

 老師可能會說

情況 1 ｜ 正面評語

■ <ruby>興味深<rt>きょうみぶか</rt></ruby>い[1] <ruby>内容<rt>ないよう</rt></ruby>[2]でしたね。

替 ▲ 1. <ruby>面白<rt>おもしろ</rt></ruby>い（好玩）/ いい（不錯）2. <ruby>発表<rt>はっぴょう</rt></ruby>

報告的內容很有趣。

■ <ruby>素晴<rt>すば</rt></ruby>らしかったです。

（講得）太精彩了。

■ <ruby>自分<rt>じぶん</rt></ruby>の<ruby>意見<rt>いけん</rt></ruby>がはっきり<ruby>言<rt>い</rt></ruby>えて<ruby>良<rt>よ</rt></ruby>かったですね。

能夠清楚表達自己的意見，值得嘉獎。

■ <ruby>内容<rt>ないよう</rt></ruby>がまとまっていますね。

替 ▲ <ruby>発表<rt>はっぴょう</rt></ruby>

報告的內容很有系統 / 組織。

■ **発音が良かったですね。**

發音很漂亮。

■ **結構頑張りましたね。**

你付出了很多的心血吧！

情況 2 　負面評語

■ **もう少し頑張ってください。**

再加點油吧！

■ **練習が足りないですね。**

練習得不夠吧！

■ **内容がまとまっていませんね。**

発表

報告的内容很沒有系統／組織。

★ **教學問題** ◎ MP3 **35**

 學生可以這樣說

■ **質問^{しつもん}があります。**

我有問題。

■ **私^{わたし}の質問^{しつもん}の意味^{いみ}は十分^{じゅうぶん}伝^{つた}わったでしょうか？**

能聽得懂我想問的問題嗎？

■ **質問^{しつもん}の意味^{いみ}がわかりません。**

我不太懂問題的意思。

■ **すみません。聞^きき取^とれませんでした。**

不好意思。我剛剛沒聽懂。

■ **メールで質問^{しつもん}を送^{おく}ってもいいですか？**

我可以用 Email 問問題嗎？

■ **この字^じが（細^{こま}かくて）よく見^みえないので、黒板^{こくばん}に大^{おお}きく書^かいて**

<u>もらえませんか</u>**？**

🔄 いただけませんか？（敬語：謙讓語）

這個字（很小）我看不太清楚，可以在黑板上再寫大一點嗎？

■ **黒板^{こくばん}を消^けさないでもらえますか？**

黑板可以請你不要擦嗎？

■ もう一度<u>言って</u>ください。

替 読んで（念）/ 説明して（説明）/ 書いて（寫）

請再說一次。

■ もう一度、言ってもらえますか？

可以再說一遍嗎？

■ もう少し大きい声で、ゆっくり話してもらえませんか？

可以說得再大聲一點、再慢一點嗎？

■ もう少し簡単な言葉で説明してもらえますか？

可以用再簡單一點的話來解釋嗎？

■ 例を挙げて説明してもらえますか？

可以舉例說明嗎？

■ 今考えるので、もうちょっと待って（て）ください。

我現在想一想，請再等一下。

■ 後でもいいですか？

等一下（再回答）可以嗎？

■ 丁寧に答えていただき（敬語：謙讓語）、ありがとうございました。

謝謝您詳盡的解答。

①

生 ちょっと聞（き）いてもいいですか？

師 はい、どうぞ。

生：我可以問個問題嗎？
師：好的，請說。

②

生 先生（せんせい）、今（いま）は何（なん）ページですか？

師 １５０ページです。

生：老師，現在上的是第幾頁？
師：150 頁。

③

生 ここがどうしてもわからないのですが。

師 はい。授業（じゅぎょう）が終（お）わったら説明（せつめい）します。

生：這邊我怎麼都搞不清楚。
師：好的。下課後我再教你。

❹

生 先生、ここがちょっと分からないんですが。

師 ここですか？あっ、もう一度説明します。

生：老師，這邊我有點不太懂。

師：（到學生身旁）這邊嗎？啊，我再解釋一次。

❺

生 来週の授業で、いろいろ質問するかもしれませんが、宜しくお願

いします。　　　　　　　　　替 聞く

師 こちらこそ、宜しくお願いします。

生：下次上課的時候，可能還會有很多問題想問老師，麻煩老師了。

師：彼此彼此。

★ **空調問題** ◎ MP3 **36**

師生過招

狀況 **1** 教室很冷

生 先生、教室、寒いです。冷房の温度を上げてもらえますか？

替 ちょっと（有點）

師 ① はい。わかりました。皆さん、寒いですか？冷房の温度を

ちょっと上げますか？

替 少し

② じゃあ、冷房を弱くしますね。

替 冷房を消しますね（把冷氣關掉）

③ 冷房を消して窓を開けますね。増川さん、窓を開けてもらえま

すか？

生：老師，教室好冷。可以把冷氣的溫度調高一點嗎？

師：① 好的，我知道了。大家感覺冷嗎？要把冷氣的溫度調高一點嗎？

② 那我把冷氣關小一點。

③ 那我關掉冷氣，開窗戶好了。增川同學，可以幫我開個窗嗎？

狀況2 教室很熱

生 先生、教室、暑いです。冷房を付けてもらえますか？

替 ちょっと（有點）

師 ① はい。わかりました。皆さん、暑いですか？冷房を付けますか？

② じゃあ、冷房を付けますね。

生：老師，教室好熱。可以麻煩你開冷氣嗎？

師：① 好的，我知道了。大家都感覺熱嗎？要開冷氣嗎？

② 那我去開冷氣。

老師可能會說

■ （<ruby>皆<rt>みな</rt></ruby>さん、）<ruby>静<rt>しず</rt></ruby>かにしてください。
（大家）請安靜一點。

■ もっと<ruby>小<rt>ちい</rt></ruby>さい<ruby>声<rt>こえ</rt></ruby>で<ruby>話<rt>はな</rt></ruby>してください。
說話音量請再放低一點。

師生過招

生 <ruby>先生<rt>せんせい</rt></ruby>、あの<ruby>人<rt>ひと</rt></ruby>たちがうるさいから、<ruby>静<rt>しず</rt></ruby>かにさせてください。
替 <ruby>静<rt>しず</rt></ruby>かにするように<ruby>言<rt>い</rt></ruby>ってください。

師 はい。わかりました。
【語氣緩和】<ruby>静<rt>しず</rt></ruby>かにしてください。
【語氣強烈】<ruby>授業<rt>じゅぎょう</rt></ruby>の<ruby>邪魔<rt>じゃま</rt></ruby>になるから、<ruby>静<rt>しず</rt></ruby>かにしなさい。

生：老師，那邊的人太吵了，請叫他們安靜一點。
師：好的，我曉得了。
　　【語氣緩和】請安靜一點。
　　【語氣強烈】這樣會打擾到我上課，你們安靜一點。

2-4 學生請求

★ **想上廁所** ◎ MP3 **38**

生 ① すみません。トイレに行って（も）いいですか？

　　　　　替 行ってきて（も）

　② 気分が悪いので、ちょっとトイレに行ってきて（も）いいです
　　か？

師 ① どうぞ、どうぞ。

　② いいですよ。

生：① 不好意思，我可以去一下廁所嗎？

　　② 我身體不太舒服，可以去一趟廁所嗎？

師：① 請便，請便。

　　② 可以喔！

師生過招

生 先生、<ruby>奨学金<rt>しょうがくきん</rt></ruby>の<ruby>書類<rt>しょるい</rt></ruby>をもらったのですが、どう<ruby>書<rt>か</rt></ruby>けばいいかわか

替 <ruby>留学<rt>りゅうがく</rt></ruby>（留學）

らないので<ruby>聞<rt>き</rt></ruby>いてもいいですか？

師 はい。じゃあ、<ruby>書類<rt>しょるい</rt></ruby>を<ruby>見<rt>み</rt></ruby>せてください。

生：老師，我拿了獎學金的資料，但表格不太會填，可以問一下嗎？
師：好的。那資料讓我看看。

師生過招

生 <ruby>授業中<rt>じゅぎょうちゅう</rt></ruby>、すみません。<ruby>忘<rt>わす</rt></ruby>れ<ruby>物<rt>もの</rt></ruby>をしてしまったので、ちょっと<ruby>探<rt>さが</rt></ruby>してもいいですか？

師 <ruby>大丈夫<rt>だいじょうぶ</rt></ruby>ですよ。／いいですよ。

生 【肯定回答】<ruby>見<rt>み</rt></ruby>つかりました。
　　　　　　ありがとうございます。<ruby>失礼<rt>しつれい</rt></ruby>します。

【否定回答】見つかりませんでした。

ありがとうございます。失礼します。

生：打擾您上課，不好意思。我有東西忘在教室裡，可以進來找一下嗎？

師：沒問題喔！

生：【肯定回答】我找到了。謝謝您。打擾您了。

　　【否定回答】我還是沒有找到。謝謝您。打擾您了。

★ **借東西**　◎ MP3 **41**

狀況 **1**　借文具

生 先生、<u>ホチキス</u>[1]<u>を借りてもいいですか</u>[2]？

> お動詞ます形してもいい
> ですか？我可以～嗎？（敬
> 語：謙讓語句型）

　替 1. ペン（筆）／消しゴム（橡皮擦）

　替 2. お借りしてもいいですか（敬語：謙讓語）

　替 2. <u>持っていますか</u>（有帶訂書機嗎）

　　　替 お持ちですか（敬語：尊敬語）

師 【肯定回答】はい、これ。

生 【肯定回答】ありがとうございます。

師 【否定回答】すみません。持ってないです。

生 【否定回答】いえ、大丈夫です。

生：老師，可以向你借訂書機嗎？

師：【肯定回答】好，請用。

生：【肯定回答】謝謝老師。

師：【否定回答】不好意思，我沒帶。

生：【否定回答】沒關係。

狀況 2　借 DVD

生　先生、ＤＶＤを借りてもいいですか？

師　はい、これ。

生　来週、返せばいいですか？

師　① いいですよ。

　　② 今週使うから、木曜日に返してもらってもいいですか？

生　はい、わかりました。

生：老師，可以借我 DVD 嗎？

師：好的，這給你。

生：我可以下星期還嗎？

師：① 好的。

　　② 我這個星期要用，所以可以麻煩你星期四還我嗎？

生：好的，我知道了。

①

生 先生、ちょっと留学について聞いてもいいですか？

　　替 教えてもらってもいいですか

　　替 伺っても宜しいですか

　　（敬語：謙譲語）

　　替 お伺いしたいのですが、宜しいで

　　すか（敬語：謙譲語）

師 はい、喜んで。

　　替 もちろん（當然沒問題）

生：老師，我可以問您一下有關留學方面的事情嗎？

師：好的，我很樂意。

②

生 先生、進路の相談をしたいのですが、お昼一緒に食事をしませんか？

　　替 ご一緒にしてもいいですか

師 はい、喜んで。

　　替 もちろん（當然沒問題）

生：老師，我想找您商量一下我將來的出路，中午方便一起用餐嗎？

師：好的，我很樂意。

❸

生 先生、日本への留学について聞きたいことがあるのですが、今度

替 ちょっとご相談したいこと（〔敬語：謙讓語〕我有些事想和您
商量一下）

替 お願い（有事想拜託您）

先生の都合が良いときに研究室に行ってもいいですか？

替 先生のお部屋にお邪魔してもいいですか（〔敬語：謙讓語〕可以去老
師的研究室打擾您嗎）

師 はい、いつでもいいですが、来る前にメールしてください。待っ
ています。

生：老師，我有一些關於去日本留學的事想請教您，下次可以在老師方便的時間
去研究室找您嗎？

師：好的，隨時歡迎，不過請你來之前發個 Mail 給我。我會等你過來。

師生過招

生 平山先生に連絡したいのですが、平山先生のメールアドレスを
知っていますか？

▲
替 ご存知ですか（敬語：尊敬語）

師【肯定回答】知っていますよ。はい。

【否定回答】すみません。わからないですね。良かったら、学務課
で聞いてみてください。

生：我想跟平山老師連絡，您知道平山老師的電子郵件信箱嗎？

師：【肯定回答】我知道喔！我寫給你。

　　【否定回答】不好意思。我不曉得。方便的話，請你到學生課務處問看看。

2-5 " 突發狀況 "

師生過招

<ruby>師<rt></rt></ruby> <ruby>教科書<rt>きょうかしょ</rt></ruby>はどうしましたか？

　替 <ruby>教科書<rt>きょうかしょ</rt></ruby>はどうしたのですか

　　替 どこですか（你的書在哪裡）

<ruby>生<rt></rt></ruby> ① <ruby>今日<rt>きょうわす</rt></ruby>忘れちゃいました。

② なくしちゃいました。/ <ruby>落<rt>お</rt></ruby>としちゃいました。

③（すみません。）<ruby>違<rt>ちが</rt></ruby>う<ruby>教科書<rt>きょうかしょ</rt></ruby>を<ruby>持<rt>も</rt></ruby>ってきてしまいました。（すみません。）

④ まだ<ruby>買<rt>か</rt></ruby>って（い）ないんです。<ruby>販売部<rt>はんばいぶ</rt></ruby>で<ruby>取<rt>と</rt></ruby>り<ruby>寄<rt>よ</rt></ruby>せ<ruby>中<rt>ちゅう</rt></ruby>です。

　　　替 <ruby>生協<rt>せいきょう</rt></ruby>（大學合作社）

> 「すみません」放
> 句前或句後皆可。

師 ① <ruby>今度<rt>こんど</rt></ruby>は<ruby>忘<rt>わす</rt></ruby>れないようにしてください。

　替 <ruby>是非<rt>ぜひ</rt></ruby><ruby>持<rt>も</rt></ruby>ってきて（一定要帶過來）

② <ruby>誰<rt>だれ</rt></ruby>かのを<ruby>借<rt>か</rt></ruby>りて、コピーしてください。

　替 コピーさせてもらって

82

③ 新しいのを買ってきてください。

④ 今日は篠田さんと一緒に見てください。

篠田さん、いいですか？

🔊 宜しくお願いします。（麻煩你了）

A同學主動借書給沒書的同學時，老師可以說：Aさんは優しい人ですね。（A同學，你人真體貼！）

師：你的書呢？

生：① 我今天忘記帶了。

　　② 我（把書）弄不見了。

　　③（不好意思。）我帶錯課本來了。（不好意思。）

　　④ 我還沒買。在販賣部訂書中。

師：① 下次別忘了帶過來。

　　② 跟別人借來影印一下。

　　③ 請買本新的帶過來。

　　④ 今天請和篠田同學一起看。篠田同學，（這樣）好嗎？

★ 有人偷吃東西時　◎ MP3 **45**

👓 老師可能會說

■ 授業中、食べちゃ駄目ですよ。

上課時不可以吃東西喔！

■ 授業中、お菓子を食べちゃ駄目ですよ。

上課時不可以偷吃零食喔！

「ちゃ」是「ては」的口語說法。

■ お菓子を早く片付けてください。

🔊 は 🔊 しまって

快把零食收起來。

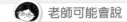

老師可能會說

■ <ruby>授業中<rt>じゅぎょうちゅう</rt></ruby>、<ruby>携帯<rt>けいたい</rt></ruby>を<ruby>使<rt>つか</rt></ruby>わないでください。

上課請不要用手機。

時下年輕人常會將「携帯」寫成「ケイタイ」或「ケータイ」。

■ <ruby>外<rt>そと</rt></ruby>で<ruby>話<rt>はな</rt></ruby>してください。

請到外面去講（手機）。

■ マナーモードに<ruby>設定<rt>せってい</rt></ruby>してください。

（聽到有鈴聲時）手機請調成震動模式。

■ <ruby>携帯<rt>けいたい</rt></ruby>の<ruby>電源<rt>でんげん</rt></ruby>を<ruby>切<rt>き</rt></ruby>ってください。

請關手機。

老師可能會說

■ <ruby>授業中<rt>じゅぎょうちゅう</rt></ruby>、<ruby>寝<rt>ね</rt></ruby>ないでください。

上課不要睡覺。

師 ① 福田さん、起きてください。

　　　替 大丈夫ですか？（你還好嗎？）

　② 片岡さん、顔色、悪そうですけど、大丈夫ですか？

　　　替 辛そう（你好像很難受的樣子）

生【沒事時】はい、大丈夫です。お気遣いありがとうございます。

　【不舒服時】頭（が）痛いです。/ 胃が痛いです。

　　　替 お腹（肚子）

> 「頭、お腹」後方的「が」可以省略，但是「胃」後方的「が」也省略的話，就會念成了「いいたい」。聽到兩個「い」可能一下反應不過來是什麼意思，所以還是需要找「が」來幫忙喔！

師 医務室[1]に行きます[2]？

　　　替 1. 保健室（保健室）

　　　替 2. 行かなくても大丈夫ですか（不去也沒關係嗎）

生【不去時】教室で少し休めば大丈夫です。

　　　替 休みます（休息）

　【要去時】じゃあ、行きます。

　　　替 行ってきます（去一趟）

師：① 福田同學，起床了。

　　② 片岡同學，你的臉色不太好，還好吧？

生：【沒事時】嗯，我沒事。謝謝您的關心。

【不舒服時】我頭很痛。/ 我胃很痛。

師：要不要去醫務室？

生：【不去時】我在教室休息一下就好了。

　　【要去時】那我去一下。

😊 老師可能會說

■ **授業に関係ないものはしまってください。**
じゅぎょう かんけい

請大家把跟上課無關的東西收起來。

■ **授業中は内職をしないでください。**
じゅぎょうちゅう ないしょく

上課請不要做其他的事。

■ **授業に集中してください。**
じゅぎょう しゅうちゅう

上課要專心。

師生過招

生 先生、虫です。

　　▲ 虫がいます / 虫が入ってきました（有蟲子飛進來了）

師 ① 山田さん、落ち着いて。窓を開けてください。

　② 皆さん、避けてください。

生：老師，有蟲子。

師：① 山田同學，冷靜點。把窗戶打開！

　② 請大家避開。

如果是發生火災或地震等，
可說「避難してください。」
（大家趕快離開這兒。）

2-6 66 準備下課 99

★ 提醒老師下課 ◎ MP3 **50**

 學生可以這樣說

■ 先生、そろそろ時間です。
せんせい　　　　　　　　　　　じかん

　老師，差不多時間要到了。

■ 先生、もう時間です。
せんせい　　　　　　じかん

　替 時間になりました。
　　じかん

　老師，已經下課了。

■ 先生、時間が過ぎて（い）ます。
せんせい　じかん　　す

　老師，已經過了下課時間了。

★ 下課前的結語 ◎ MP3 **51**

 老師可能會說

■ そろそろ時間ですね。
じかん

　時間差不多要到了。

■ そうそろ時間がなくなってきました。
じかん

　差不多要接近尾聲了。

■ 今日の授業でやったことについて、質問はありますか？

今天上課教過的地方有問題嗎？

■ 今日のところで何か質問（が）ありませんか？

替 ここ（這個部分）

今天上的地方有沒有什麼問題？

■ 今日やったところは大丈夫でしたか？

替 プリント（講義）

今天上的地方沒問題嗎？

過去式「でした」是指之前上課的內容。

■ もう時間なので、プリントの残りは来週やりましょう。

替 教科書（課本）　　　替 しましょう

因為時間已經到了，所以講義裡剩下（沒上）的地方下星期再上吧！

■ 次の時間、続けて説明します。

我下次上課再（從這兒）接著說。

■ 説明が終るまで二分待ってください。

請再給我兩分鐘解說一下。

■ ここまでにしますね。

我們就上到這邊吧！

■ それでは、今日はこの辺で¹終わりましょう²。

替 1. これで／ここまでにして

替 2. 終わります／終わりにしましょう／おしまいです

那麼，今天就上到這裡結束吧！

■ では、今日のところはこれで終わります。

　　　　　　　　　替 終わりにします

那今天就上到這邊。

■ 来週は（第）三課をやりますので、皆さん、しっかり予習し

てきてください。

下星期我們要上第三課了，所以請大家在家要好好預習喔！

■ 今日勉強したことを必ず復習してください。

　　　　　替 教わった / 習った / 学んだ

今天學過的東西，一定要好好復習。

■ これから、休憩です。

　　　　　　　替 に入ります

接下來（我們）休息一下。

■ ありがとうございました。

謝謝大家。

■ また来週会いましょう。さよ（う）なら。

下星期見！再見。

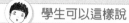 學生可以這樣說

■ 先生ありがとうございました。さよなら。

謝謝老師。再見。

90

😊 老師可能會說

■ 良_よい週末_{しゅうまつ}を（お過_すごしください）。（敬語：尊敬語）

　　　　　　替 過_すごしてください

祝大家都能有個愉快的週末喔！

■ 夏休_{なつやす}みに是非日本語_{ぜ ひ にほんご}の勉強_{べんきょう}をしてください。

　　替 春休_{はるやす}み（春假）/ 冬休_{ふゆやす}み（寒假）

暑假一定要學習日文喔！

■ よい夏休_{なつやす}みを。

暑假愉快。

> 日本大學行事曆：
> ・4－7月：上學期
> ・8－9月：暑假
> ・9－12月底：下學期
> ・12月底－1月初：寒假
> ・1－2月：下學期
> ・2－3月：春假

■ メリークリスマス！

聖誕節快樂！

■ よいお年_{とし}を。

新年快樂。

> 年底的最後一堂課
> 會這樣說。

■ 来年_{らいねん}また会_あいましょう。

我們明年見。

■ 明_あけましておめでとうございます。

新年快樂。

> 年初的第一堂課
> 會這樣說。

■ お誕生日_{たんじょう び}おめでとうございます。

生日快樂！

■ 今日は今学期最後の授業ですね。
きょう　こんがっき さいご　じゅぎょう

替 前期（上學期）/ 後期（下學期）
ぜんき　　　　　　　　こうき

今天是這個學期的最後一堂課了。

■ 来週は期末テストです。皆さん、期末テスト、頑張ってくだ
らいしゅう　きまつ　　　　　みな　　　きまつ　　　　がんば

さい。

下星期就要期末考了。大家期末考加油！

■ また来学期会いましょう。
らいがっき あ

替 後期
こうき

我們下學期見！

師生過招

生 前期は色々迷惑を掛けましたが、後期も宜しくお願いします。
ぜんき　いろいろめいわく　か　　　　こうき　よろ　　　ねが

替 ご迷惑をお掛けしました（敬語：謙讓語）
めいわく　か

師 こちらこそ、宜しくお願いします。
よろ　　　ねが

生：上學期給老師添了很多麻煩，下學期仍請您多多指教。

師：彼此彼此，也請你多多指教。

92

★ 日文解碼

	（日文假名）	（中文意思）
① 満点	_____	_____
② 日付	_____	_____
③ 書類	_____	_____
④ 顔色	_____	_____
⑤ 相談	_____	_____

★ 一搭一唱

（請依左方的中文提示，填入適當的搭配詞語。）

① 畫紅線	赤線を _____
② 回到課本	教科書に _____
③ 舉例	例を _____
④ 調高溫度	温度を _____
⑤ 調成震動模式	マナーモードに _____

① 老師，這邊我有點不太懂。 _____

② 我可以去一下廁所嗎？ _____

③ 老師，可以跟您借訂書機嗎？ _____

④ 聖誕節快樂！ _____

★ 機智問答

① 老師：試験は難しかったですか？

　　回答： _____

② 老師：きれいな字ですね。

　　回答： _____

③ 老師：教科書はどうしましたか？

　　回答： _____

④ 老師：顔色が悪そうですけど、大丈夫ですか？

　　回答： _____

第 3 堂課
各種課室活動

課前暖身操

★ 字彙預習

① プリント ⓪ 講義

② 間違い ③ 錯誤

③ 小テスト ③ 小考

④ 繰り返す ③ 重複

⑤ ボリューム ⓪ 音量

⑥ スイッチ ② 開關

⑦ 交代 ⓪ 輪流

⑧ カンニング ⓪ 作弊

⑨ 表紙 ⓪ 封面

⑩ 目安 ⓪ 標準

★ 句型預習

① 動詞て形 ＋ はいけません。不可以～。
例 退室してはいけません。不可以離開教室。

② 動詞て形 ＋ おきます。先～。
例 来週までに考えておきます。這個星期我會先考慮一下。

③ まったく～ない。完全～不～。
例 映画がまったく理解できません。電影我完全看不懂。

④ 動詞原形 ＋ みたいです。好像～。
例 このイヤホンが壊れているみたいです。這副耳機好像壞了。

⑤ ～までに～。在～之前做～。
例 宿題はいつまでに出したらいいのですか？ 作業最晚什麼時候交呢？

3-1 補充講義

★ **分發講義** ◎ MP3 **53**

> 老師可能會說

■ 教科書はこれで終わりますね。何か質問（が）ありませんか？

課本就上到這兒喔！有沒有什麼問題？

■ 残りの時間はプリントをやります。

剩下的時間我們來上講義。

■ じゃあ、プリントを渡しますね。

▲ 替 今から　　　　替 配りますね

那我把講義發給大家。

■ 一人一枚取ってください。

▲ 替 一人ずつ / 一枚ずつ

一人請拿一張。

■ 一組一枚ですよ。

一組一張喔！

■ プリントは二枚ですよ。

講義有兩張喔！

■ 来週渡しますので、今日は隣の人に見せてもらって下さい。

下星期我再補給你講義，所以今天請旁邊的同學借你看 。

■ <u>プリント</u>が見^みえにくければ、別^{べつ}のものと取^とり替^かえます。

替 コピー　　　　　　　　　　　　　　　替 に

如果講義印得不清楚的話，我拿一份新的給你。

■ 渡辺^{わたなべ}さん、今日^{きょう}欠席^{けっせき}している竹花^{たけはな}さんにもプリントを渡^{わた}してお

いてください。

渡邊同學，麻煩你把講義也事先帶給今天沒來上課的竹花同學。

 學生可以這樣說

■ 先週^{せんしゅう}欠席^{けっせき}したので、プリントを<u>もらえますか</u>？

替 いただけますか

（敬語：謙讓語）

我上星期沒來上課，所以可以給我（上週的）講義嗎？

■ 藤原^{ふじわら}さんが今日^{きょう}休^{やす}んでいますので、もう一枚^{いちまい}<u>いいですか</u>？

替 宜しいですか（客氣說法）

替 もらえますか

替 いただけますか（敬語：謙讓語）

藤原同學今天沒來上課，所以我能再要一張嗎？

■ プリントの文字^{もじ}がよく見^みえませんので、交換^{こうかん}してもらえません

か？

講義上的字印得很不清楚，可以麻煩幫我換份新的嗎？

👓 老師可能會說

■ **皆_{みな}さん、<u>全員取_{ぜんいん と}りましたか</u>？**

　　　　▲
　　　　替 持_もっていますか（大家都有了嗎）

　　　　▲
　　　　替 手元_{て もと}にありますか（大家手邊都有了嗎）

大家都拿到了嗎？

■ **プリントがもらえなかった人_{ひと}はいませんか？**

有沒有人沒拿到講義？

■ **ない人_{ひと}？**

誰沒拿到？

■ **プリントは足_たりましたか？**

講義都夠了嗎？

■ **余_{あま}った<u>の</u>を返_{かえ}してください。**

　　　　▲
　　　　替 分_{ぶん}

多的講義請還給老師。

■ **5枚_{まい}のプリントが手元_{て もと}にあるか確認_{かくにん}してください。**

大家檢查一下手邊是不是已經拿到5張講義了。

■ **プリントが2枚_{まい}あるかどうか<u>確_{たし}かめて</u>ください。**

　　　　　　　　　　▲
　　　　　　　　　　替 確認_{かくにん}して / チェックして

請檢查一下是否已拿到2張講義了。

■ どのプリントがないか隣の人と確認してください。

和旁邊的人對對看少了哪一張講義。

■ 一枚足りないですか？前に来てください。

少拿一張嗎？請到前面來。

■ プリントは何枚足りませんか？

講義你還缺幾張？

■ 今日はプリントが足りなくてすみません。

今天講義印得不太夠，不好意思。

■ プリントが足りない人は、隣の人と一緒に見てください。

缺講義的人，請和旁邊的人一起看。

 學生可以這樣說

■ プリントって全部で何枚ですか？

講義一共有幾張？

■ 2枚目のプリントがありません。

我沒拿到第 2 張的講義。

■ 同じものが2枚あります。

我拿到兩張一樣的。

■ これは白紙です。

我拿到空白的。

■ プリントが一枚余りました。
<ruby>一枚余<rt>いちまいあま</rt></ruby>

講義多出了一張。

■ 3枚目のプリントが汚れています。
<ruby>枚目<rt>まいめ</rt></ruby> <ruby>汚<rt>よご</rt></ruby>

　　　　　　　　替 破れています（破掉了）
　　　　　　　　　　<ruby>破<rt>やぶ</rt></ruby>

第3張的講義髒髒的。

 老師可能會說

■ プリントに印刷ミスがあります。訂正します。
<ruby>印刷<rt>いんさつ</rt></ruby> <ruby>訂正<rt>ていせい</rt></ruby>

講義有印錯的地方。我來訂正一下。

■ プリントの一部に間違いがありましたので、訂正させていただ
<ruby>一部<rt>いちぶ</rt></ruby> <ruby>間違<rt>まちが</rt></ruby> <ruby>訂正<rt>ていせい</rt></ruby>

　替 プリントに一部
　　　　　　<ruby>一部<rt>いちぶ</rt></ruby>

きます。（敬語：謙譲語）

講義有些地方出了錯，我想跟大家訂正一下。

■ 30番ですが、数字5の後ろに0を付け（加え）てください。
<ruby>番<rt>ばん</rt></ruby> <ruby>数字<rt>すうじ</rt></ruby> <ruby>後<rt>うし</rt></ruby> <ruby>付<rt>つ</rt></ruby> <ruby>加<rt>くわ</rt></ruby>

在編號30的地方，數字5的後方請補上一個0。

■ aを大文字に直してください。
<ruby>大文字<rt>おおもじ</rt></ruby> <ruby>直<rt>なお</rt></ruby>

　　　　　替 小文字（小寫）
　　　　　　　<ruby>小文字<rt>しょうもじ</rt></ruby>

請把a改成大寫。

■ タイトルは日本人の食生活に直してください。
<ruby>日本人<rt>にほんじん</rt></ruby> <ruby>食生活<rt>しょくせいかつ</rt></ruby> <ruby>直<rt>なお</rt></ruby>

　　　　　　　　　　替 変えてください
　　　　　　　　　　　　<ruby>変<rt>か</rt></ruby>

請大家把標題改成日本人的飲食生活。

老師可能會說

■ 少^{すこ}し時間^{じかん}をかけて、目^めを通^{とお}してください。

替 ざっと簡単^{かんたん}に

請大家先稍微花點時間，大致瀏覽一下。

■ プリントの余白^{よはく}の部分^{ぶぶん}を使^{つか}って板書^{ばんしょ}をとってください。

請大家利用講義空白的地方，把黑板的東西抄下來。

■ 今配^{いまくば}ったプリントを２０分^{ぶん}で終^おえてください。

現在發給大家的講義，請在 20 分鐘內寫完。

■ プリントをもらった人^{ひと}は、問題^{もんだい}を解^といてください。

請拿到講義的同學做一下上面的習題。

■ 来週^{らいしゅう}は今配^{いまくば}ったプリント に 関連^{かんれん}したテストを行^{おこな}います。

替 と 替 関係^{かんけい}がある

下星期的小考會從今天發的講義上出題。

■ プリントを終^おえることができなかった人^{ひと}は、家^{いえ}でやってきてください。

講義寫不完的人請帶回家做，下次再帶過來。

3-2 " 小考測驗 "

★ **隨堂小考** ◎ MP3 **57**

 老師可能會說

過程 1　考前復習

■ 今
いま
から小
しょう
テストの復
ふくしゅう
習をしましょう。

現在我們來復習小考吧！

■ これを見
み
てください。

替 ここ / こちら ●┄┄┄┄┄

兩個都是指「這裡」，
但後者為「客氣說法」。

請看這邊。

■ 一
いっしょ
緒に読
よ
みましょう。

我們來念一下吧！

■ 今
いま
、十
じゅっぷんかん
分間自
じ
習
しゅう
してください。

現在自習十分鐘。

■ 五
ご
分
ふん
（間
かん
）あげるので、小
しょう
テストの復
ふくしゅう
習をしてください。

我給大家五分鐘的時間，（自己）復習一下小考。

過程 2　正式考試

■ 準
じゅん
備
び
は（もう）宜
よろ
しいですか？そろそろ始
はじ
めましょう。

準備好了嗎？小考要開始囉！

■ これから<u>問題用紙</u>を配りますね。

　　　　▲ かいとうようし　　　　　ようし
　　　　替 回答用紙 / テスト用紙

我現在把考卷發下去喔！

■ 一人一枚取ってください。

一人拿一張。

■ 一番〜、二番〜、三番〜……

第一題〜第二題〜第三題〜……

■ はい、それでは、繰り返します。

好的，那我再重複一次。

■ 皆さん、宜しいですか？

大家都寫好了嗎？

■ まだの人、手を挙げてください。

還沒寫好的人請舉手。

■ それでは、前に渡してください。

好，請（把考卷）往前傳。

學生可以這樣說

■ ちょっと見直させてください。

請讓我再看一眼 / 再檢查一下。

■ もう少し時間をください。

請再給我一點時間。

104

■ 先生、紙、一枚足りません。

　▲替 あと一枚ください

　老師，我還要一張紙。

■ 先生、速いです。

　老師，（您說得）太快了。

■ 先生、六番の問題、もう一度いいですか？

　老師，第六題再重複一次好嗎？

■ テストはあと何分ですか？

　考試還剩幾分鐘？

■ 終わりました。

　我寫完了。

■ もう一度お願いします。

　麻煩您再說一遍。

師生過招

生 裏にも書いても良いですか？

師 【肯定回答】いいですよ。

　【否定回答】駄目ですよ。

生 小テストは成績に入りますか？

師【肯定回答】はい、入ります。

【否定回答】いいえ、入らないです。

生：也可以寫在背面嗎？

師：【肯定回答】可以喔！【否定回答】不行喔！

生：小考也會算成績嗎？

師：【肯定回答】是，會算。【否定回答】不，不算。

 老師可能會說

過程 3　訂正考卷

■ 今、隣の人とテストを交換して採点してください。

現在請和旁邊的同學交換改考卷。

■ では、答えを読みますね。

那麼老師要念答案了喔！

■ では、答え合わせしましょう。

那麼我們來對答案吧！

■ 名前を呼ばれた人、順番通りに答えを黒板に書いてください。

叫到名字的同學，請按照順序把答案寫在黑板上。

■ 小田さん、太田さん、持田さん、松田さん、四人でお願いします。

小田同學、太田同學、持田同學、松田同學，麻煩你們四位上台。

■ 採点が終ったら、隣の人にテストを返してください。

改完之後請把考卷還給旁邊的同學。

■ 皆さん、宜しいですか？

大家（看完考卷後）都沒問題吧？

■ 最後に先生にテストを出してください。

最後請把考卷交給老師。

★ **期中期末考** ◎ MP3 **58**

 老師可能會說

過程 1 | 板書宣布

■ 皆さん、よく聞いてください。

大家請注意一下。

■ 来週、<u>中間テスト</u>があるので、詳しくは黒板に書きます。

　　　　▲ 替 期末テスト（期末考）

下星期要期中考，所以我把考試內容寫在黑板上。

■ 忘れないようにメモしてください。

　　　▲ 替 を取って

大家怕忘記的話，請拿筆記下來。

過程 2 | 口頭宣布

■ 皆さん、よく聞いてください。

大家請注意一下。

■ 来週、中間テストがありますよ。

下星期有期中考喔！

■ 範囲は第１課から第７課までで、筆記試験 ¹ と口頭試験 ² の両
方（が）あります。

▲替 1. ペーパーテスト
▲替 2. 会話のテスト

考試範圍是第 1 課到第 7 課，有筆試也有口試。

「筆記試驗」和
「口頭試驗」是比較
正式的說法。

■ 是非よく勉強してきてください。

請大家一定要好好準備。

■ 来週の中間テストはペーパーテストか会話のテストがあります。

替 だけです（只有）

下星期的期中考有筆試或口試。

■ 中間テストについて、何か質問はありませんか？

關於期中考，還有什麼問題呢？

過程 3　正式考試

■ 机の両端に座ってください。

請大家坐在桌子的兩頭。

■ 真ん中を一つ空けて座ってください。

▲替 真ん中の一人分の席を

請大家中間空一個位子坐。

■ 教科書 ¹ をしまってください ²。

替 1. ふでばことメガネケース（鉛筆盒和眼鏡盒）

替 2. 閉じてください（闔起來）

請把課本收起來。

■ テストの表に書けなくなった人は、裏も使ってください。

考卷正面寫不下的話，背面也可以寫。

■ 試験中、名前を呼ばれた人は会話のテストをするので、教室の外に出てください。

考試的時候，叫到名字的人請到教室外頭來考口試。

■ ペーパーテストが終わった人はテスト用紙を前の机においてください。

請寫完考卷的人把考卷放在前面的桌子上。

日本學生交考卷時都習慣正面朝下。

■ 両方のテストが終わった人は、帰ってもいいですよ。宜しくお願いします。

考完口試及筆試的人就可以走了喔！請大家配合。

■ カンニングしないでください。

請不要作弊。

■ 隣の人の回答を見ないでください。
替 他の人

請不要看隔壁同學的答案。

■ ３０分経過したら、退室することができますので、退室する人は右側から退室してください。

半個小時後即可離場，請同學由右邊離開。

■ 時間になるまで退室してはいけません。

 テストが終わる

不可以提早離場。

■ 中間試験の範囲は、教科書のどこからどこまでですか？

期中考的考試範圍是課本的哪裡到哪裡？

■ 中間試験はプリントからも出ますか？

期中考也會考講義嗎？

■ まるつけをしてください。

 テストの採点をしてください

 テストの点数を付けてください

請老師現在幫我們批改考卷。

過程 4 ｜ 發考卷

■ テストを返しますね。

老師現在把考卷發還給大家。

■ 名前を呼ばれた人、前に来てください。

 たら

叫到名字的人，請到前面來。

■ すみません、テスト用紙もらっていません。

　不好意思，我沒拿到考卷。

■ 先生、前回のテストをまだ（返して）もらっていないのですが。

　老師，上次的考卷你還沒發還給我。

■ 先生、先週は休んだので、回答用紙はまだもらって（い）ま
　せん。　　　　　　　　　　　　　　　　替 テスト

　老師，我上個星期沒來，所以考卷沒拿到。

師生過招

❶

在口語中「問題」可
省略不說喔！其他題型
請看下面 註3

生 テストはどういう形式で出ますか？

　替 テストってどんな感じになっているんですか？

師 テストは穴埋め問題、作文問題、翻訳問題や選択問題などです。
　　　　替 穴埋め式

生：考題會是怎麼出呢？ / 考試會怎麼考呢？ / 考試的題型會有哪些？

師：考試會有填充題、造句、翻譯題和選擇題之類的。

註3

・訂正問題（改錯題）　　　　　　・並び換え問題（重整題）

・○×問題（是非題）　　　　　　・記述式（申論題）

❷

生 先生、表現法のテストは会話だけですか？

師 違います。筆記もありますよ。

生 表現法のテストだから、会話だけが良いです。

師 じゃあ、来週までに考えておきます。

（一週間後）

生 先生、テストの件、考えましたか？

師 【肯定回答】はい。表現法のテストなので、会話だけにします。

【否定回答】残念ながら、会話と筆記両方やります。

> 「表現法」是科目名稱；
> 「筆記」是「筆記試驗」
> 的簡稱。

生：老師，表達方法的考試只有口試嗎？

師：不是，也包括（有）筆試喔！

生：既然是表達方法的考試，就該考口試吧！

師：那這個星期我會先考慮一下。

（一週後）

生：老師，考試的事情，已經考慮好了嗎？

師：【肯定回答】是的。因為是表達方法的考試，所以只考口試。

【否定回答】很遺憾，口試及筆試都要考。

❸

生 先生、試験時間はどのぐらいですか？

師 だいたい一時間ぐらいと思います。

生：老師，考試會考多久呢？

師：我想大概要考一個小時左右。

❹

生 テストは<ruby>返<rt>かえ</rt></ruby>しますか？

▲ 替 <ruby>返却<rt>へんきゃく</rt></ruby>されますか

師 （<ruby>来週<rt>らいしゅう</rt></ruby>）<ruby>返<rt>かえ</rt></ruby>します。

▲ 替 <ruby>返却<rt>へんきゃく</rt></ruby>します

- -

生：考卷會發還給我們嗎？

師：（下星期）我會發還給大家。

❺

生 <ruby>先生<rt>せんせい</rt></ruby>、<ruby>前回<rt>ぜんかい</rt></ruby>のテストを<ruby>返<rt>かえ</rt></ruby>してください。

師 ① すみません。お<ruby>待<rt>ま</rt></ruby>たせしました。

② あ、まだ<ruby>返<rt>かえ</rt></ruby>して（い）なかった？¹ <ruby>後<rt>あと</rt></ruby>で² <ruby>返<rt>かえ</rt></ruby>します。すみません。

▲ 替 1.<ruby>忘<rt>わす</rt></ruby>れて（い）ました。（我忘記了。） 2.<ruby>今<rt>いま</rt></ruby>（馬上）

- -

生：老師，請把上次的考卷發還給我。

師：① 不好意思，這麼久才給你。

② 啊，我還沒還給你嗎？我等會兒就還給你。不好意思。

❻

師 <ruby>採点<rt>さいてん</rt></ruby>ミスはありますか？<ruby>採点<rt>さいてん</rt></ruby>ミスがあったら、<ruby>持<rt>も</rt></ruby>ってきてください。

生 <ruby>先生<rt>せんせい</rt></ruby>、ここ<ruby>間違<rt>まちが</rt></ruby>いがあります。

師 <ruby>確<rt>たし</rt></ruby>かに<ruby>間違<rt>まちが</rt></ruby>っていますね。すみません。

師：考卷有改錯的地方嗎？如果有改錯的話請拿過來。

生：老師，這邊改錯了。

師：的確改錯了。不好意思。

師生過招

状况 **1**　與沒參加期中考的學生對話

❶

師 <ruby>加藤<rt>かとう</rt></ruby>さん、ちょっといいですか？

<ruby>先週<rt>せんしゅう</rt></ruby>、<ruby>加藤<rt>かとう</rt></ruby>さんはお<ruby>休<rt>やす</rt></ruby>みして、<ruby>中間<rt>ちゅうかん</rt></ruby>テストを<ruby>受<rt>う</rt></ruby>けていないですね。

よかったら、<ruby>来週<rt>らいしゅう</rt></ruby><u><ruby>追試<rt>ついし</rt></ruby></u>[1]を<u><ruby>受<rt>う</rt></ruby>けませんか</u>？[2]

　　　　　　替 1. <ruby>追試験<rt>ついしけん</rt></ruby>　2. <ruby>受<rt>う</rt></ruby>けてください。

生 はい、<ruby>大丈夫<rt>だいじょうぶ</rt></ruby>です。<ruby>範囲<rt>はんい</rt></ruby>は<ruby>第<rt>だい</rt></ruby>１４<ruby>課<rt>か</rt></ruby>から<ruby>第<rt>だい</rt></ruby>１７<ruby>課<rt>か</rt></ruby>までですよね。

師 うん、そうですね。<ruby>来週<rt>らいしゅう</rt></ruby>、しっかり<ruby>勉強<rt>べんきょう</rt></ruby>してきてください。

生 はい、ありがとうございます。

（<ruby>一週間後<rt>いっしゅうかんご</rt></ruby>）

師 <ruby>加藤<rt>かとう</rt></ruby>さん、<ruby>今日<rt>きょう</rt></ruby>は<ruby>中間<rt>ちゅうかん</rt></ruby>テストの<ruby>追試<rt>ついし</rt></ruby>ですね。

生 はい。

師 10分後、試験が始まるので、今ちょっと復習してください。

生 はい。

師：加藤同學，現在方便說話嗎？上個星期你請假沒考期中考吧！可以的話，下
　　星期要不要補考？

生：好的，沒問題。考試範圍是第 14 課到 17 課，對吧？

師：嗯，沒錯。要好好準備下星期的考試喔！

生：好的，謝謝老師！

（一週後）

師：加藤同學，今天要補考期中考吧！

生：是的。

師：10 分鐘後開始考試，現在稍微復習一下。

生：好的。

---

❷

生 先生、先週は休みましたので、今日は追試を受けたいのですが。

師 はい。わかりました。まず自習して、五分後試験をやります。

（五分後）

師 そろそろ試験を始めます。

生：老師，我上個星期請假沒來，所以今天想要補考。

師：好的，我知道了。你先自習一下，五分鐘後就考試。

（五分鐘後）

師：差不多要考試了。

師 大沼さん、どうぞ。今回の成績はちょっと良くなかったですが、

　　　替 よく書けてなかったですが

　　試験が難しかったんですか？それとも、勉強不足だったんですか？

生 ちょっと難しかったです。

師 そうなんですか。来週、追試を受けてください。ちゃんと、もう
　　一度中間テストの範囲を復習してきてください。

生 はい。ありがとうございます。

師：大沼同學，這是你的考卷。這次考得有點不太理想。考題很難嗎？還是自己
　　準備得不夠？

生：（考題）有點難。

師：這樣子啊。下星期請來補考。要再好好復習期中考的範圍。

生：好的，謝謝老師。

3-3 多媒體

★ CD　　◎ MP3 **60**

 老師可能會說

■ 今から CD を流しますね。

現在要開始放 CD 了喔！

■ 皆さん、聞いたらすぐリピートしてください。
　　　　　　　　　　　　　　▲
　　　　　　替 CD について読んでください
　　　　　　　　　　▲
　　　　　　　　替 に従って

請大家聽了之後，馬上跟著一起念。

■ 私の後について一緒に読みましょう。
　　　　　　　　▲
　　　　替 読んでください。

請跟著老師一起念吧！

■ 音量は大丈夫ですか？

音量還可以嗎？

■ 後ろの人は聞こえますか？

後面的人聽得到嗎？

■ 今から一緒に読みましょう。

現在大家一起念吧！

師 今日は日本のＣＤを持ってきました。一緒に日本の曲を聞きましょう。　替 ＤＶＤ

生 誰のＣＤですか？

師 日本で人気がある、鈴木武という歌手のＣＤです。

生 先生、ＣＤのケース¹ を見せてもらってもいいですか？²

　　替 1. 歌詞カード（內頁歌詞）

　　替 2. 見せてください。（讓我看一下。）

師：今天我帶來了日本的 CD。我們一起來聽聽日本的歌曲吧！

生：是誰的 CD 呢？

師：一位在日本很紅，名叫鈴木武的歌手的ＣＤ。

生：老師，可以讓我看一下 CD 的盒子嗎？

★ 電影　　◎ MP3 61

老師可能會說

狀況 1 宣布要看電影

■ 今日は日本の映画を観ましょう。

今天我們來看日本的電影吧！

■ 今日の授業は映画鑑賞です。

今天上課我們要看電影。

■ これから見るのは、サマースクールという映画です。

等一下我們要看的電影叫做「暑期先修班」。

■ これは木村一郎の出演する映画です。

這是木村一郎所主演的片子。

■ これは高校生の恋愛の話です。

替 恋愛話

替 ラブストーリー

這部片是關於高中生談戀愛的故事。

■ これから映画を見せましょう。

老師現在要來放電影給大家看了。

■ (できるだけ) 字幕に頼らないで観るようにしてください。

請大家（盡量）不要看字幕。

■ 映画を観ながら、聞き取れた語句を書き取ってください。

邊看電影，邊把能聽懂的句子記下來。

■ 映画が終わったら、いくつか質問をします。

看完電影後，老師會問大家幾個問題。

■ 是非楽しんでください。

請大家慢慢欣賞。

■ じゃ、ここまでで、一休みしましょう。

　　　　　　　　替 休みましょう / 休憩しましょう

那我們先看到這裡，休息一下吧！

■ 全員、戻りましたか？では、続きを観ましょう。

大家都回來了嗎？那我們繼續看下去。

■ この続きは来週見せます。

後半段我們下星期再看。

■ 続けてメイキングを観ましょう。

接下來我們來看一下幕後花絮吧！

■ 来週、映画について日本語の感想文を出してください。

下星期請大家用日文寫一份和電影有關的感想交給我。

■ 映画を時々見せていただけませんか？（敬語：謙讓語）

您可以偶爾讓我們看看電影嗎？

■ 目が悪いので、教室の前の方に座りたいのですが。

我視力不好，想坐教室靠前面一點的座位。（可以嗎？）

■ 来週、続きを見せてください。

下週讓我們看完剩下的部分。

■ 映画がまったく理解できません。

電影我完全看不懂。

師生過招

師 終わりましたね。どうでしたか？面白かったですか？

生 ① とても面白かったです / 良かったです。

② とても感動しました。

③ もう一回観たいです。

師：（電影）看完了。感覺怎麼樣？好看嗎？

生：① 很好看（一般劇情或文藝片）/ 很好看（令人讚嘆的紀錄片等）。

② 很感動。

③ 想再看一次。

3-4 "各種練習"

★ **會話練習** ◎ MP3 **62**

 老師可能會說

■ それじゃ、二人（ふたり）で会話（かいわ）（の）練習（れんしゅう）してください。
　　　替 ペアで練習（れんしゅう）して
那麼，請大家兩個人一組練習會話。

■ 三人（さんにん）で練習（れんしゅう）してもいいですよ。
三個人一組練習也可以喔！

■ 二人一組（ふたりひとくみ）または三人一組（さんにんひとくみ）で練習（れんしゅう）してください。
　　　　　　替 か
請大家兩個人或三個人一組練習一下。

■ これからAとB両方（りょうほう）の会話（かいわ）を交代（こうたい）でやってください。
　　　替 今（いま）
現在請大家輪流扮演A或B練習對話。

「交代（こうたい）」也可以寫成
「交替（こうたい）」喔！

■ 後（あと）で読（よ）んでもらいます。
　　　　　替 聞（き）かせてください
等一下請念給老師聽。

■ 先生（せんせい）は順番（じゅんばん）に皆（みな）（さん）の発音（はつおん）をチェックしていきます。
老師輪流聽聽看每個人的發音。

■ 姫野さん、先に読んで（ください）。

替 どうぞ

姫野同學請你先念。

■ 今から、一人ずつ先生と会話練習をしましょう。

現在開始大家一個一個來跟老師練習會話吧！

■ 本文を全部暗記してください。後で先生と練習しましょう。

▲ 替 覚えてください

請把課文全部都背起來。之後跟老師一起練習吧！

■ 四角の中の単語を使って会話を作ってください。

請大家利用方框中的單字編出會話。

■ 今、二人か三人で一組になって、日本語の会話文を作ってください。

現在請大家兩人或三人一組，開始用日文編對話。

■ テーマはここです。この中から、一つ選んで書いてください。

替 こちら（客氣說法）

題目在這裡。請大家從這裡面挑出一個題目來寫。

■ 後五分です。終っていない人は、早く終らせてください。

▲ 替 急いでください

還剩下五分鐘。還沒寫完的人請動作加快。

 **聽力練習** ◎ MP3 **63**

 老師可能會說

■ これから、聞^きき取^とりの練習^{れんしゅう}をします。

　　　　　替 ヒヤリング / リスニング

現在我們要來做聽力練習了。

■ 先生^{せんせい}が言^いったのを書^かいてくださいね。

請把老師念的寫下來。

■ 後^{あと}で一緒^{いっしょ}に答^{こた}え合^あわせしましょう。

之後我們再一起對答案吧！

■ イヤホンを<u>してください</u>。

　　　　　替 はずしてください（拿下耳機）

請大家戴上耳機。

 學生可以這樣說

■ どのように座^{すわ}ったらいいのですか？

（位子）該怎麼坐好呢？

■ 出席番号順^{しゅっせきばんごうじゅん}に座^{すわ}るのですか？

要照點名簿的號碼（學號）坐嗎？

■ 機械^{きかい}の操作^{そうさ}の仕方^{しかた}を教^{おし}えてください。

請教我怎麼操作這個機器。

■ スイッチがおかしいです。

開關怪怪的。

■ ボリュームを上げ<ruby>上<rt>あ</rt></ruby>げてください。

請調大聲一點。

生 <ruby>先生<rt>せんせい</rt></ruby>、このイヤホンが<ruby>壊<rt>こわ</rt></ruby>れているみたいです。

替 から<ruby>音<rt>おと</rt></ruby>が<ruby>出<rt>で</rt></ruby>ない（沒有聲音）

師 <ruby>別<rt>べつ</rt></ruby>の<ruby>席<rt>せき</rt></ruby>に<ruby>移<rt>うつ</rt></ruby>ってください。

替 <ruby>換<rt>か</rt></ruby>えてください

生：老師，這副耳機好像壞了。

師：那你換到其他的座位。

★ **課本習題** MP3 **64**

老師可能會說

■ <ruby>練習問題<rt>れんしゅうもんだい</rt></ruby>をやってください。

現在請大家做一下習題。

■ 後(あと)で当(あ)てるので、問題(もんだい)を読(よ)んで、答(こた)えてください。

等一下老師會分配答題者，所以請大家念完題目後說出答案。

■ 一番(いちばん)、荒井(あらい)さん。二番(にばん)、井山(いやま)さん。三番(さんばん)、山内(やまうち)さん ...

第一題是荒井同學；第二題是井山同學；第三題是山內同學……

■ では問題(もんだい)を解(と)いてください。

接下來請大家開始作答。

■ 練習(れんしゅう)のところは今(いま)から一緒(いっしょ)にやってみましょう。

練習題的部分，我們現在一起來做做看吧！

■ 男(おとこ)の子(こ)のほうから始(はじ)めましょう。

從男生開始（回答問題）吧！

■ 佐々木(ささき)さん、どう答(こた)えればいいですか？

替 どう答(こた)えますか / 答(こた)えは何(なん)ですか / 何(なん)て答(こた)えますか / 何(なん)と答(こた)えますか

佐佐木同學，（這題）該怎麼回答呢？/ 答案是什麼呢？

> 如果只有一個答案時，
> 可以說：正解(せいかい)は何(なん)ですか？
> （標準答案是什麼呢？）

■ じゃあ、五番(ごばん)を見(み)てください。それから、一番(いちばん)の問題(もんだい)を見(み)てください。

那我們來看一下第五大題。然後再看一下第一題的題目。

■ 何(なに)か良(い)い例文(れいぶん)はありますか？

替 例文(れいぶん)を作(つく)れる人(ひと)、いますか？（誰能幫老師造個句子呢？）

有沒有什麼好的例句呢？

師 次は 76 ページの問題を解いてもらいます（ね）。答えてくれる人（は）いますか？
<u>答えて</u>
替 やって

生 はい。私が<u>答えます / 答えたいです</u>。
替 やります / やりたいです

師 いいですね。じゃあ、藤枝さん、お願いします。

師：接下來，請人回答一下 76 頁的問題。有沒有誰自願想要回答的？
生：有。我要回答 / 我想回答。
師：很好。那麼，藤枝同學，就交給你了。

★ **寫作練習** MP3 **65**

老師可能會說

■ **私の夢という<u>タイトル</u>で作文をしてください。**
替 テーマ

以我的夢想為題，寫一篇作文。

■ **今日は夏休みの思い出について作文を書いてください。**

今天請大家寫一篇「暑假的回憶」的作文。

■ <ruby>原稿用紙<rt>げんこうようし</rt></ruby>を<ruby>配<rt>くば</rt></ruby>りますね。

▲替 <ruby>紙<rt>かみ</rt></ruby>

我把稿紙發給大家。

■ もう<ruby>少<rt>すこ</rt></ruby>し<ruby>書<rt>か</rt></ruby>いてください。

再多寫一點。

 學生可以這樣說

■ <ruby>先生<rt>せんせい</rt></ruby>、<ruby>中国語<rt>ちゅうごくご</rt></ruby>の「黑眼圈」って<ruby>日本語<rt>にほんご</rt></ruby>で<ruby>何<rt>なん</rt></ruby>というんですか？

老師，中文的「黑眼圈」，日文該怎麼說？

有了黑眼圈：
くまができました

■ <ruby>先生<rt>せんせい</rt></ruby>、<ruby>作文<rt>さくぶん</rt></ruby>、できました。

老師，我作文寫好了。

■ ちょっと<ruby>見<rt>み</rt></ruby>てください。

請看一下。

■ <ruby>私<rt>わたし</rt></ruby>の<ruby>書<rt>か</rt></ruby>いたものを<ruby>添削<rt>てんさく</rt></ruず>して¹ もらえませんか²？

▲替 1. <ruby>直<rt>なお</rt></ruby>して

▲替 2. いただけませんか（敬語：謙讓語）

可以麻煩您幫我修改一下我寫的東西嗎？

■ <ruby>辞書<rt>じしょ</rt></ruby>を<ruby>使<rt>つか</rt></ruby>ってもいいですか？

我可以用字典嗎？

★ **發表預告** ◎ MP3 **66**

👓 老師可能會說

■ 来週は日本の文化について日本語で発表してもらいます。
らいしゅう　に ほん　ぶん か　　　　　　にほんご　はっぴょう

下星期請大家用日文報告一下日本的文化。

■ 三人か四人のグループに分かれて話し合ってください。
さんにん　よにん　　　　　　　　　　　　　わ　　　　　はな　あ

 なって

請大家三人或四人一組，互相討論一下。

■ 本田さん、池田さん、藤田さんは第一グループで、山崎さん、
ほん だ　　　　いけ だ　　　　ふじ た　　　　だいいち　　　　　　　　　やまさき

 グループＡ／１班
はん

山本さん、山下さんは第二グループで、上野さん、上村さん、
やまもと　　　やました　　　だい に　　　　　　　　　うえ の　　　　うえむら

上前さんは第三グループでお願いします。
うえまえ　　　だいさん　　　　　　　　　ねが

本田同學、池田同學、藤田同學是第一組；山崎同學、山本同學、山下同
學是第二組；上野同學、上村同學、上前同學是第三組。

■ ２０分後、一組ずつ発表してください。
ぶん ご　　ひとくみ　　はっぴょう

20 分鐘後，請每一組輪流上台報告。

■ 毎週二人に発表してもらいます。
まいしゅうふた り　　はっぴょう

每個星期都會請兩位同學上台報告。

■ 来週は小尾君と小林君にお願いします。

下星期要上台報告的是小尾同學和小林同學。

■ 三井さん、来週は日本の歴史についての発表をお願いします。

三井同學，下星期請你上台報告日本的歷史。

■ わかりやすくするために、ポスターを用意してもいいです。

為了能讓大家容易懂，也可以準備海報。

■ 2、3分ぐらいの長さが目安です。

（報告時間）以兩三分鐘為準。

■ 日本の茶道について5分ほど話して下さい。

請大家花五分鐘左右來說說日本的茶道。

■ 発表する時は原稿を見ても構いません。

報告時看稿也沒關係。

■ 皆の発表を楽しみにしているので、是非頑張ってください。

我很期待大家的報告，要好好加油。

師生過招

❶

生 これ、見てもらえませんか？

替 くれませんか

師 はい、いいですよ。/ わかりました。

師 直^{なお}しましたよ。/ <u>チェック</u>、終^おわりましたよ。
　　　　▲
　　　替 訂正^{ていせい}

生：這篇作文可以請您看一下嗎？
師：好的，沒問題！/ 我知道了。
師：我改完了喔！

❷

生 明日^{あした}の四限^{よげん}（目^め）の後^{あと}、先生^{せんせい}の研究室^{けんきゅうしつ}に原稿^{げんこう}を見^みせに行^いきます。

師 はい。わかりました。待^まっています。

生：明天第四節下課後，我會把稿子帶到老師的研究室給您看。
師：好的。我知道了。我會等你過來。

 老師可能會說

■ 今日^{きょう}はレポートを発表^{はっぴょう}してもらいます。これから十分間^{じゅっぷんかん}もう
　一度^{いちど}よく<u>練習^{れんしゅう}してください</u>。
　　　　　　　　　　　▲
　　　　　　替 見直^{みなお}してください

今天要請大家上台報告。給大家十分鐘的時間，再好好練習練習。

■ 皆^{みんな}の発表^{はっぴょう}をとても楽^{たの}しみにしています。

我很期待大家的報告。

■ これから、皆さんに発表してもらいますね。宜しいですか？

現在要請大家上台報告了喔！（準備）好了嗎？

■ 名簿順でいきます。／名簿順に呼びます。

我會依點名簿上的順序（請大家上台）。

■ 呼ばれた人（は）前に来てください。じゃあ、青木君からお願いします。

被點到的同學請到台前來。那我們第一位請青木同學上台。

■ 青木君、ありがとうございました。次は下条さん、お願いします。

青木同學，謝謝你的報告。下一位請下條同學上台。

■ 下条さん、ありがとうございました。じゃあ、最後は上山君、お願いします。

下條同學，謝謝你的報告。那最後請上山同學上台。

 學生可以這樣說

■ 皆さん、私の声が聞こえますか？

大家聽得見我的聲音嗎？

■ 皆さん、こんにちは。私は黒澤です。今日は源氏物語について発表させていただきます。（敬語：謙讓語）

大家午安。我是黑澤。今天我要為大家報告《源氏物語》。

■ 皆さん、こんにちは。私は黒澤です。今日の私の発表テーマは源氏物語です。

大家午安。我是黑澤。今天我的報告主題是《源氏物語》。

■ パワーポイントを使って発表します。

我要使用電腦簡報（PPT）來報告。

■ 質問があれば、話の途中でも自由に質問してください。

如果有問題的話，即使是報告進行中也可以自由發問。

■ この発表のファイルが欲しい方にはメールで送ります。

我會把這份報告的資料，用電子郵件寄給想要的同學們。

■ ご清聴ありがとうございました。

謝謝大家的聆聽。

師生過招

生 座ったまま発表してもいいですか？

師 大丈夫です。

生：我可以坐著報告嗎？

師：可以。

老師可能會說

■ 有島君、ありがとうございました。全員の発表、終わりましたね。素晴らしかったです。ありがとうございました。

有島同學，謝謝你的報告。全班都報告完了吧！真是太精彩了！謝謝各位。

■ 来週はまだ発表してない人、全員に発表してもらいます。

還沒報告的人，下星期要請你們報告。

■ 先週欠席した二人は来週発表してもらいますので、

　替 お休みした（客氣說法）

練習を宜しくお願いします。

上星期請假的兩個人，你們下星期要上台報告，請好好練習。

3-6 " **作業報告** "

★ **作業** 　◎ MP3 **69**

 老師可能會說

■ この<ruby>ページ<rt></rt></ruby>を<ruby>宿題<rt>しゅくだい</rt></ruby>にします。

這一頁是回家作業。

■ <ruby>今日<rt>きょう</rt></ruby>、<ruby>宿題<rt>しゅくだい</rt></ruby>はありません。

今天沒有回家功課。

■ <ruby>今回<rt>こんかい</rt></ruby>の<ruby>宿題<rt>しゅくだい</rt></ruby>は<ruby>教科書<rt>きょうかしょ</rt></ruby>の４７ページの<ruby>練習問題<rt>れんしゅうもんだい</rt></ruby>です。

▲<ruby>今<rt>いま</rt></ruby><ruby>配<rt>くば</rt></ruby>った<ruby>プリント</ruby>（現在剛發下去的講義）

這次的作業是課本第 47 頁的練習題。

■ <ruby>宿題<rt>しゅくだい</rt></ruby>として<ruby>日本<rt>にほん</rt></ruby>のスポーツニュースを<ruby>調<rt>しら</rt></ruby>べてきてください。

回家功課是要請大家回去查一下日本的體育新聞。

■ <ruby>来週<rt>らいしゅう</rt></ruby>までにやってきてください。

下星期（上課）前要寫完喔！

■ <ruby>宿題<rt>しゅくだい</rt></ruby>はやってきましたか？

作業都（在家）做完了嗎？

■ <ruby>先週<rt>せんしゅう</rt></ruby>の<ruby>宿題<rt>しゅくだい</rt></ruby>を<ruby>出<rt>だ</rt></ruby>してください。

▲<ruby>提出<rt>ていしゅつ</rt></ruby>してください

請把上星期的作業交給老師。

①

生 今日の<u>宿題</u>は何ですか？
　きょう　しゅくだい　なん

替 課題
　か だい

> 「課題」像報告；
> 「宿題」像課本習題。
> か だい
> しゅくだい

師 今日の宿題は（第）三課の新出単語を調べてくることです。
　きょう　しゅくだい　だい　さん か　しんしゅつたん ご　しら

生：今天的作業是什麼呢？

師：今天的作業是請大家回去查第三課的生字。

> 「新出単語」也可簡單
> しんしゅつたん ご
> 說成「新しい単語」喔！
> あたら　たん ご

②

生 宿題はいつまでに<u>出</u>したらいいのですか？
　しゅくだい　だ

師 来週<u>提出してください</u>。
　らいしゅうていしゅつ

替 出してください
　だ

生：作業最晚什麼時候交呢？

師：下星期要交給老師。

③

生 先生、すみません。今日は宿題を忘れました。
　せんせい　きょう　しゅくだい　わす

師 大丈夫です。来週出してください。
　だいじょう ぶ　らいしゅう だ

生：老師，不好意思。我今天忘記把作業帶來了。

師：沒關係。下星期再交給我。

老師可能會說

■ 今学期の期末テストはありませんが、その代わりにレポートを
出してください。

這學期我們沒有期末考，但取而代之的是要請大家交報告。

■ テーマは日本についてです。

報告的主題是要請大家來談一談日本。

■ 日本のことならなんでもいいので、自分が興味を持った分野
について、書いて来てください。　　　　　　　　替 持つ

只要是和日本有關的都可以，所以可依大家有興趣的領域來發揮，寫好後
交過來。

■ 枚数はＡ４二枚で、パソコンで作ってください。

報告要兩張 A4 的篇幅，而且要電腦打字。

■ ７月１５日までに、研究室の隣にあるボックスに出してくだ
さい。

請大家在 7 月 15 日前放進研究室旁的信箱就可以了。

■ レポートの書き方を教えてください。

我們想知道報告該怎麼寫。

■ レポートの字数はどれぐらいですか？

替 は何文字ですか

報告要多少字數呢？

■ レポートの内容は何でもいいですか？

報告寫什麼都可以嗎？

■ レポートの提出（日）はいつですか？

替 締め切り（日）（截止期限）

報告什麼時候要交？

■ レポートの表紙は必要ですか？

報告要有封面嗎？

■ レポートの期限を延ばしてもらえませんか？

替 いただけませんか（敬語：謙讓語）

報告的期限可以再延一下嗎？

師生過招

生 レポートは手書きでも大丈夫ですか？

師 ① パソコンで作成してきてください。

　② どっちでも大丈夫です。

生 先生、今日レポートを家に忘れてしまいました。明日出してもいいですか？

師 はい、大丈夫です。私の研究室のポストボックスに入れてください。

> 「どっち」是「どちら」的口語說法喔！

生：報告可以用手寫嗎？

師：① 請用電腦打字後交過來。

　　② 手寫或打字都可以。

生：老師，今天我忘記把報告從家裡帶來了。可以明天交嗎？

師：好的，沒問題。請放到我研究室的信箱裡。

★ 日文解碼

	（日文假名）	（中文意思）
① 手元		
② 余白		
③ 一部		
④ 追試		
⑤ 分野		

★ 一搭一唱

（請依左方的中文提示，填入適當的搭配詞語。）

① 抄黑板	板書を
② 改成大寫	大文字に
③ 交作業	宿題を
④ 作答	問題を
⑤ 過目	目を

★ 即席翻譯

① 我沒拿到第二張的講義。 _____

② 大家聽得見我的聲音嗎？ _____

③ 我們想知道報告該怎麼寫。 _____

④ 期中考也會考講義嗎？ _____

★ 有話直說

① （當今天忘了帶作業時）

_____

② （當教室的耳機沒聲音時）

_____

③ （想問報告最晚什麼時候交時）

_____

④ （想問位子該怎麼坐時）

_____

各種課外情境

★ 字彙預習

① 返却 _{へんきゃく}	⓪ 歸還	② 余裕 _{よ ゆう}	⓪ 充裕
③ 荷物 _{に もつ}	① 行李	④ 話し言葉 _{はな こと ば}	④ 口語
⑤ オムライス	③ 蛋包飯	⑥ 好み _{この}	① 喜好
⑦ 近く _{ちか}	② 附近	⑧ エレベーター	③ 電梯
⑨ バイト	⓪ 打工	⑩ 手ごたえ _て	② 效果

★ 句型預習

① 動詞ます形 + たいのですが。（提出請求）我想～。
　　例 奨学金について聞きたいのですが。我想詢問一下有關獎學金的事情。
　　　_{しょうがくきん}　　　_き

② 動詞て形 + みたらいかがですか？（建議對方）不妨～如何？
　　例 今度、二級を受けてみたらいかがですか？這次考二級看看怎麼樣？
　　　_{こん ど} _{に きゅう} _う

③ 動詞た形 + ことがあります。曾經～過。
　　例 前回、スピーチコンテストに出たことがありますよね。
　　　_{ぜんかい}　　　　　　　　　　_で
　　　上次你參加過演講比賽，對吧！

④ 動詞原形 / 可能形 + ようになりました。已經會～了。
　　例 すらすら話せるようになりました。已經說得很流利了。
　　　　　　_{はな}

144

4-1 校園生活

會話範例

狀況 1　遞出餐券

學生 お願^{ねが}いします。

店員 カレーライスとサラダですね。少々^{しょうしょう}お待^まちください。（敬語：尊敬語）

學生：（這個）麻煩你了。

店員：（確認餐點）您點的是咖哩飯和沙拉吧！請稍等一下。

狀況 2　詢問空位

生 1 ここ空^あいて（い）ますか？

生 2 【肯定回答】どうぞ、大丈夫^{だいじょうぶ}ですよ。

【否定回答】ごめんなさい。友達^{ともだち}がいます。

生 1 ありがとうございます。

生 1：這裡有人坐嗎？

生 2：【肯定回答】請坐，沒關係喔！

【否定回答】不好意思，我朋友坐這兒。

生 1：謝謝你。

狀況 3 **借椅子**

生 1 すみません。椅子をお借りしてもいいですか？（敬語：謙讓語）

生 2 どうぞ。

生 1 すみません。お借りしました。

- -

生 1：不好意思，可以跟您借張椅子嗎？

生 2：請自己拿。

生 1：（歸還時）不好意思，剛剛借了（您的椅子）。

★ 在圖書館 ◎ MP3 **72**

館員 ① はい。どうぞ。貸し出しで宜しいですか？

　　　　替 貸し出しですね。

　　② はい。どうぞ。返却で宜しいですか？

　　　　替 返却ですね。

學生 はい。これ、お願いします。

館員 はい、お預かりいたします。（敬語：謙讓語）

　　　学生証は持っていますか？

146

學生 はい。ありがとうございます。

館員 ① 返却期限（へんきゃくきげん）は8月23日（がつ にち）です。どうぞ。

　　替 返却日（へんきゃくび）

　　② 8月23日（がつ にち）までご利用（りょう）できます。どうぞ。

學生 ありがとうございます。

· ·

館員：① 來，（這邊）請。您要借書吧！

　　　② 來，（這邊）請。您要還書吧！

學生：是的。這（幾）本書，麻煩你了。

館員：好的，我收到您的書了。有帶學生證嗎？

學生：有。（對方還回證件時）謝謝你。

館員：① 8月23日到期。這是您的書。

　　　② 您可以借閱到8月23日。這是您的書。

學生：謝謝你。

★ 在教職員辦公室　◎ MP3 73

事件1　報名比賽

學生 失礼（しつれい）します。

職員 どのようなご用件（ようけん）ですか？

　　替 何（なん）のご用（よう）

學生 8月のスピーチコンテストに出たいのですが、どうしたらいいですか？

職員 この紙に書いてください。

學生 書き終わりました。お願いします。失礼しました。

替 ありがとうございます（謝謝你）

學生：（進辦公室前）打擾您了。

職員：您有什麼事情嗎？

學生：我想參加八月舉辦的演講比賽，該怎麼報名呢？

職員：請填一下這張表格。

學生：我寫好了。（遞出表格）那就麻煩你了。（離開辦公室時）我告辭了。

事件2 詢問獎學金

學生 すみません。ＡＢＣ奨学金について質問したいのですが。

替 聞きたいのですが / お聞きしたいのですが（敬語：謙譲語）

替 尋ねたいのですが / お尋ねしたいのですが（敬語：謙譲語）

替 伺いたいのですが / お伺いしたいのですが（敬語：謙譲語）

職員 何学部の何年生ですか？

學生 日本語学科の一年生です。

職員 今書類を持ってくるので、少々お待ちください。

學生 はい。

學生：不好意思，我想詢問一下有關 ABC 獎學金的事。

職員：你是哪個系、幾年級的學生？

學生：我是日文系一年級的學生。

職員：我現在去把資料拿過來，請您稍等。

學生：好的。

事件 3 詢問停課

學生 すみません。先生が来ないですが、何か休講の連絡は入って（い）ますか？

職員 どの先生の授業ですか？

學生 早瀬先生です。

職員 【肯定回答】はい。休講の連絡入っています。

【否定回答】いえ、こちらには連絡が入っていないのですが。

學生 すみません。ありがとうございます。

. . . .

學生：不好意思，（我們的）老師還沒來，是否有接到停課的通知之類的？

職員：是哪位老師的課呢？

學生：早瀬老師。

職員：【肯定回答】是的，今天通知說要停課。

【否定回答】沒有，我們沒接到通知。

學生：不好意思（打擾了）。謝謝你。

學生 失礼します。

醫護人員 どうしましたか？

學生 朝から頭が痛いのですが、休憩させてもらってもいいですか？

▲ 替 横になってもいいですか

（可以躺一下嗎）

醫護人員 この紙に記入してください。

學生 はい、これでお願いします。

學生：打擾您了。

醫護人員：你怎麼了？

學生：我頭從早上痛到現在，能不能讓我（在這兒）休息一下？

醫護人員：請你填一下這份資料。

學生：（填完後）好，這就麻煩你了。

店員 いらっしゃいませ。何になさいますか？（敬語：尊敬語）

男生 チョコレートケーキ２つとコーヒー（を）２つ<u>ください</u>。

替 でお願いします

店員 ホットですか？アイスですか？

男生 私はホットをください。

這裡因為是兩個人點餐，所以會特別說出「私は」做區隔。若一個人點餐時，不用說「私は」喔！

女生 私はアイスをください。

店員 ミルクとお砂糖はどうなさいますか？

替 ご利用ですか（敬語：尊敬語）

男生 お願いします。

わかりました
的客氣說法

女生 私はいいです。

店員 かしこまりました。少々お待ちください。

男生 お願いします。

店員 はい。全部で 1600 円でございます。

男生 あの、別々にお願いします。

店員 はい。お一人様、800 円でございます。有難う御座いました。

店員：歡迎光臨。您要點些什麼？

男生：我要兩塊黑森林蛋糕和兩杯咖啡。

店員：（咖啡）要熱的還是冰的？

男生：我要熱的。

女生：我要冰的。

店員：您需要奶球和糖嗎？

男生：我都要。

女生：我不用了。

店員：好的。請稍候。

男生：麻煩你了。

店員：嗯，一共是 1600 日圓。

男生：嗯，請幫我們分開結。

店員：好。一個人是 800 日圓。謝謝光臨。

★ 在福利社 MP3 **76**

會話範例

店員 こちら、どうぞ。

學生 お願_{ねが}いします。

店員 ① 袋_{ふくろ}は要_いりますか？

▲ 替_{かえ} に入_いれますか

② 全部一緒_{ぜんぶいっしょ}でいいですか？

③ 温_{あたた}かいものと冷_{つめ}たいもの、お分_わけしますか？（敬語：謙讓語）

152

學生 【肯定回答】はい、お願いします。もう一つください。

　　　　　　　　　　　　　　　　　▲替 一枚

　　　【否定回答】いいえ、結構です。このままでいいです。

店員 1000 円です。

學生 一万円（から）でお願いします。

　　　▲替 すみません。細かいのないんで。（不好意思。我沒有零的。）

店員 一万円お預かりいたします。9000 円のお釣りです。お確かめ

　　　ください。　　　　　　　　　　　　▲替 お返し

學生 ① どうも。

　　　② すみません、おつり、間違えています。

　　　　　　　　　　　　　▲替 間違っています。

- -

店員：這邊可以結帳喔！

學生：麻煩你了。

店員：① 你要裝起來嗎？

　　　② 全部裝一起好嗎？

　　　③ 熱的和冰的要幫您分開裝嗎？

學生：【肯定回答】好的，麻煩你了。請再給我一個袋子。

　　　【否定回答】嗯，那就不用了。這樣就好了。

店員：總共是一千日圓。

學生：（拿出面額較大的鈔票）一萬日圓給你找。

店員：收您一萬日圓。找您九千日圓。請您點一下。

學生：① 謝謝。

　　　②（把手上的錢亮給對方看）不好意思，你找錯錢了。

職員 いらっしゃいませ。

學生 すみません。これ、航空便でお願いします。

職員 どこまでですか？

學生 台湾までです。いくらですか？

職員 台湾ですね。１６０円です。

學生 それから、８０円の切手を４枚ください。

職員 ８０円切手、４枚ですね。全部で３２０円です。

學生 はい。これでお願いします。

・・・

職員：歡迎光臨。

學生：不好意思。這個我想寄空運。

職員：寄到哪兒？

學生：寄到台灣。要多少錢？

職員：台灣啊。160 日圓。

學生：那我要 4 張 80 日圓的郵票。

職員：80 日圓的郵票 4 張是嗎？一共 320 日圓。

學生：好。（遞出錢）麻煩你了。

會話範例

學生 すみません。昨日（きのう）、５１５の教室（きょうしつ）に電子辞書（でんしじしょ）を忘（わす）れてしまった
のですが。

職員 何色（なにいろ）ですか？カバーなど付（つ）いていますか？

學生 白（しろ）でカバーも付（つ）いています。

職員 確認（かくにん）しますね。少々（しょうしょう）お待（ま）ちください。

學生 お願（ねが）いします。

職員 これですか？

學生 【肯定回答】はい、そうです。ありがとうございます。

　　　【否定回答】いいえ、違（ちが）います。ありがとうございます。

職員 確認（かくにん）したのですが、ありませんでした。

學生 わかりました。ありがとうございました。

- -

學生：不好意思，昨天我把電子字典忘在 515 教室了。

職員：是什麼顏色的？有保護套（皮套）之類的嗎？

學生：是白色的，也有保護套（皮套）。

職員：我看一下，請稍等。

學生：麻煩你了。

職員：（找到時）是這個嗎？

學生：【肯定回答】是，沒錯。謝謝你。

　　　【否定回答】啊，不是。還是謝謝你。

職員：（沒找到時）我剛看過了，這裡沒有。

學生：我知道了。謝謝你。

★ **找地方** ◎ MP3 **79**

狀況 1 當其他同學知道地方時

生1 あのう、すみません。トイレはどこですか？

　　替 郵便ポスト（郵筒）

生2 トイレですか？

生1 はい。

生2 エレベーターのそばにありますよ。

生1 すみません、もう一度お願いします。

生2 エレベーターのそばにあります。

生1 ああ、エレベーターのそばですね。

生2 ええ、そうです。

生1 どうも有難うございました。

生2 いいえ。

生1：嗯，不好意思。廁所在哪兒？

生2：廁所嗎？

生1：對。

生2：在電梯旁邊喔！

生1：不好意思，請您再說一遍。

生2：在電梯旁邊。

生1：啊，在電梯旁邊啊。

生2：嗯，沒錯。

生1：非常謝謝您。

生2：不謝。

狀況 2 | 當其他同學也不知道地方時

生1 あのう、すみません。

生2 はい。

生1 トイレはどこですか？

生2 さあ、わかりません。

生1 そうですか。すみません。

生2 いいえ。

生1：嗯，不好意思。

生2：嗯。

生1：廁所在哪兒？

生2：哎呀，我也不知道。

生1：這樣啊。不好意思（打擾你了）。

生2：沒關係。

4-2 檢定考試

師生過招

❶

師 日本語能力試験（を）受けたことがありますか？

生 【肯定回答】はい、あります。

　　【否定回答】まだ受けたことはないです。
　　　　　　　　　▲
　　　　　　　　替 受けていない

師 何級を受けたんですか？

生 三級です。でも、落ちました。

....

師：你參加過日文檢定嗎？

生：【肯定回答】嗯，我考過。

　　【否定回答】我還沒考過。

師：當時你考幾級？

生：三級。但是沒考過。

❷

師 日本語能力試験で点数が悪かったのは、<u>どういう</u>問題でしたか？

替 どの

生 <u>ヒヤリング</u>だと思います。

▲替 聞き取り

師 ヒヤリングですか。過去問をいっぱい聞いて、たくさん問題を解

いてみてください。

....

師：日文檢定哪個部分考得不理想呢？

生：我想是聽力。

師：是聽力啊。要多聽考古題，試著多做習題喔！

❸

師 日本語能力試験を受けてみましょうよ。

今度、まずＮ４に挑戦してみましょう。

生 Ｎ４て難しいですか？

師 今のテキストをちゃんと復習すれば、パスできると思いますよ。

....

師：考考看日文檢定吧！

這次先考 N4 挑戰看看吧！

生：N4 難嗎？

師：我覺得如果能夠徹底復習現在上的課本，一定會考過的喔！

❹

師 ① そうしたら、次はＮ３ですね。

　　　　　　　　替 を受けますね / を目指しましょうね

　② 今度、Ｎ３を受けてみたらいかがですか？

　　　　　　替 挑戦して

生 はい。私はＮ３を受けてみます。

師 頑張ってくださいね。

生 はい。今度は頑張ります。

- -

師：① 這樣的話，那下次要考 N3 吧！

　　② 這次考 N3 看看怎麼樣？

生：好的。我考看看 N3。

師：要加油喔！

生：好的。這次我會好好努力的。

❺

生 先生、来月日本語能力試験を受けますので、Ｎ４の過去問を

　　　　　　　　　　　　　替 受けるから

　頂いても宜しいですか？（敬語：謙譲語）

　替 もらってもいい

師 はい、いいですよ。明日の授業で渡します。

- -

生：老師，下個月我要參加日文檢定，可以借我 N4 的考古題嗎？

師：好的，沒問題。明天上課的時候給你。

❻

師 この前、日本語能力試験はどうでしたか？

生 ① <u>まあまあ</u>です。

  替 そこそこ

 ② 難しかったです。

 ③ 思ったより簡単でした。

師 最近、日本語能力試験の勉強は進んでいますか？

生 最近やることがいっぱいあるので、まったくやっていません。

 何かいい勉強法はありませんか？

師 毎日少しずつ勉強すれば、必ず手ごたえが得られるはずです。

生 よく分かりました。頑張ります。

師：之前日文檢定考得怎麼樣？

生：① 馬馬虎虎。

 ② （考試）很難。

 ③ （考試）比想像中簡單。

師：最近有在準備日文檢定嗎？

生：最近有很多事要忙，所以完全都沒在念。

 有什麼好的讀書方法嗎？

師：每天都念一點的話，一定會產生效果的。

生：我知道了。我會加油的。

★ 練習發音 ◎ MP3 **81**

師生過招

状況 1 | 練習前請求協助

師 はい、どうぞ。

生 関口先生、こんにちは。二年Ｂ組の野村です。お邪魔します。

師 こんにちは。野村さんですか？どうぞ、掛けてください。

替 お掛け（敬語：尊敬語）

生 次は授業がないので、先生の研究室で勉強をしたいですけど、先生はお時間は宜しいですか？

師 はい。いいですよ。野村さんはよく頑張っていますね。

生 いえいえ、とんでもないです。英語の発音が難しいので、教科書の本文を読む練習をしたいです。

師 わかりました。まず、自分で練習してみてください。その後で聞かせてください。

生 はい。

師：（聽到敲門聲）嗯，請進。

生：關口老師好。我是二年 B 班的野村。打擾您了。

師：你好。是野村同學嗎？請坐。

生：我下節沒課，所以想到老師的研究室來讀書，老師您方便嗎？

師：嗯，沒有問題。野村同學很努力呢。

生：沒有沒有，別這麼說。因為英文的發音很難，所以我想多念幾次課文。

師：我知道了。請你先試著自己練習一下。等一下念給我聽。

生：好的。

狀況 2　練習後老師指點

師　今日はいっぱい練習しましたね。野村さんは、母音がちょっと苦手
　　みたいですね。これから、母音のところに気を付けるようにして
　　ください。
　　　　　　　　　　　　　　　替　に心がけるようにしてください
　　　　　　　　　　　　　　　替　を注意してみてください

生 ① よくわかりました。今日はありがとうございました。お先に失礼
　　します。お邪魔しました。

　 ② よくわかりました。今日は、研究室にお邪魔させてもらってあ
　　りがとうございました。

師　また明日。さようなら。

- -

師：今天我們練習了不少。野村同學，你好像母音發得不太好。以後發母音時你
　　要多注意。

生：① 我明白了。今天謝謝您。我先告辭了。打擾您了。

　　② 我明白了。今天來研究室打擾您了，謝謝您。

師：明天見。再見。

師生過招

師 石橋さん、もうご飯食べましたか？

生 いいえ、まだです。

師 じゃあ、良かったら、一緒にご飯食べに行きませんか？

生 【肯定回答】はい、是非行きます。

　【否定回答】ごめんなさい。ちょっと用事があります。

師 学食はどうですか？

生 はい、大丈夫です。行きましょう。

> 「ごめんなさい」的抱歉程度比「すみません」輕微。

師：石橋同學，你已經吃過飯了嗎？

生：還沒有。

師：那方便的話，要不要一起去吃個飯呢？

生：【肯定回答】好啊，我很願意。

　　【否定回答】不好意思，我還有事。

師：去學生餐廳怎麼樣？

生：好，沒問題。我們走吧！

> 學生餐廳的日文為「学生食堂」，口語中可簡稱為「学食」。

★ **練習演講** ◎ MP3 **83**

師生過招

情境 1 尋求老師協助

生 浅井先生、私は来月英語のスピーチコンテストに参加します。

ちょっと先生にお願いしたいことがありますが、原稿内容を英語

に訳していただけますか？（敬語：謙譲語）

師 スピーチコンテストに出ますか？すごいですね。原稿の翻訳を任せ

てください。大丈夫ですよ。

生 それじゃ、今週金曜日の五限目以降、原稿を研究室に持って行き

たいんですけど、先生は空いて（い）ますか？

師 はい、空いて（い）ます。じゃあ、研究室で待って（い）ます。

生 ありがとうございます。金曜日は宜しくお願いします。

....

生：淺井老師，我下個月要參加英語演講比賽。我有事想拜託老師，您可以幫我
　　把稿子翻成英文嗎？

師：你要參加演講比賽嗎？真是厲害。我來幫忙翻譯。沒問題喔！

生：那麼，這個星期五第五節下課後，我想帶稿子過去研究室，老師有空嗎？

師：嗯，我沒事。那麼，我在研究室等你。

生：謝謝您。星期五要麻煩您了。

師 どうぞ。

生 浅井先生、こんにちは。

師 斉藤さん、こんにちは。スピーチコンテストの準備、お疲れ様 でした。（スピーチの）準備はどうですか？

▲ 替 練習（練習）

生 **まあまあです。**

▲ 替 そこそこです（普普通通） ●········ 不管好還是不好，都常這麼說。

師 **準備はどのぐらい出来ていますか？**

替 どこまで進んでいますか（準備到哪裡了呢）

生 原稿を英語に訳そうと思っています。

▲ 替 直そう

師 原稿を持って来ましたか？ちょっと見せてください。

生 はい、これ。字が汚くてすみません。

師 別にいいですよ。そこでちょっと待っててください。

生 はい。

- -

師：（聽到敲門聲）請進。

生：淺井老師好。

師：齋藤同學，你好。準備演講比賽辛苦了。（演講）準備得怎麼樣了？

生：馬馬虎虎。

師：準備到什麼樣的階段了？

生：我正打算把稿子翻成英文。

師：稿子帶來了嗎？請讓我看看。

生：好的，在這裡。字寫得很潦草，不好意思。

師：沒關係喔！請到那裡等我一下。

生：好的。

師　斉藤さん、もう出来上がりました。これ、見てください。

生　ありがとうございます。

師　一応、全部訳してみました。英語と日本語では違う表現がいっぱいあって、原稿の意味を間違えないように、今出来上がった文を一度日本語に訳して、自分の言いたいことにぴったり合うかどうかをチェックしてください。

生　特に問題ないです。手数を掛けました。ありがとうございます。

　　　　　　　　　替　お手数をお掛けしました（敬語：謙譲語）

師　じゃあ、原稿は問題ないですね。今、全部を丸暗記しなくてもいいですよ。帰ったら、上手に読めるようにしてください。来週、他の先生と一緒に練習をしてください。

師：齋藤同學，我已經改好了。這個，你看看。

生：謝謝老師。

師：大致全部都已經翻好了。英文中很多說法跟日文不同，為了避免曲解稿子的原意，請把我改過的地方再翻成日文一次，確認一下是否是自己想表達的。

生：沒什麼太大問題。麻煩您了。謝謝老師。

師：那麼，稿子沒有問題了吧。現在不用全部都背下來喔！回家後要念熟。下星期請你和其他老師一起練習。

情境 4 正式練習前

師 今日はスピーチの練習をしましょう。
　　替 読む練習

生 はい。
師 今日は原稿を見ないで、練習してみましょう。

生 はい。
師 それでは、原稿を一回読んでください。
　　　　替 読んでみてください。
　　　　替 読んでみてくれませんか？
　　　　替 聞かせてください。

生 はい。

....

師：今天我們來練習朗讀稿子吧！
生：好的。
師：今天不要看稿練習看看。
生：好的。
師：那麼，念一次稿子（給我聽）吧！
生：好的。

生 先生、あのー、すみません。文章の区切り方がよくわからないの
ですが。

師 そうですか。大丈夫です。私がこれから原稿を読んでみるので、
どこで区切るのがいいか参考にしてみてください。

生 はい。

生：老師，嗯，不好意思，我不太了解句子該怎麼斷句比較好。
師：這樣啊。沒問題。我現在試讀一次稿子，老師斷句的地方你參考看看。
生：好的。

情境 6　詢問經驗

師 前回、スピーチコンテストに出たことがありますよね。

生 はい。去年、出ました。特別賞をもらいました。

師 頑張ったんですね。今回もその調子で頑張りましょうね。

師：上次你參加過演講比賽，對吧！
生：是的。去年我參加過。得到了特別獎。
師：當時很拚吧！這次也要趁勝追擊，我們一起努力吧！

情境 7　詢問時間限制

師 制限時間は何分ですか？

生 四分以内です。

師 そうですか？だったら、今の原稿はちょっと長いので、<u>どこかを</u>
削りましょうか？　　　　　　　　　　　　　　　　　　▲ 替 少し

生 はい。

師 時間はもう計りましたか？

生 【否定回答】まだです。

師 今から、計りましょう。

生 【肯定回答】はい。計ってみました。ぎりぎりでした。

師 それはちょっと危ないですね。余裕<u>を持った</u>ほうがいいですね。

替 があった

師：限時幾分鐘？

生：不能超過四分鐘。

師：這樣子啊。這樣的話，現在的稿子有點長，所以我們再刪一點吧！

生：好的。

師：時間已經測過了嗎？

生：【否定回答】還沒。

師：現在我們來測時間吧！

生：【肯定回答】有。已經測過了。差一點就超過時間了。

師：那樣會有點危險喔！多點彈性的空間會比較好吧！

情境 8　將內容錄音

師 何か録音ができるものを持って（い）ますか？

生 はい、携帯に録音機能がありますよ。

師 よかったら、録音してたくさん練習してください。特に、連音には気を付けてください。

生 はい。今がいいですか？

師 ちょっと待ってください。はい、いきましょう。

師：身上有沒有什麼可以錄音的東西？

生：有。手機有錄音的功能喔！

師：方便的話，錄完音後要多多練習。特別是要注意連音的地方。

生：好的。我現在可以開始錄了嗎？

師：請等一下。好，可以了。

情境9 練習過後

師 今日は発音の確認が終わりましたね。それから、帰ったら何回も練習をして、来週までにすらすら読めるようにしてくださいね。

生 はい。頑張ります。

師 来週はまた一緒に練習しましょう。同じ時間と場所でいいですか？

生 はい。大丈夫です。来週も宜しくお願いします。

師：今天發音都確認完畢了。然後你回家要多練習幾次，下星期見面前，要念得滾瓜爛熟喔！

生：好的。我會加油的。

師：下星期我們再一起練習吧！約同個時間和地方可以嗎？

生：好的。沒問題。下週也麻煩老師了。

❶

師 斉藤さん、今日も<u>お疲れ様でした</u>。

▲ 替 頑張りましたね（你今天也很努力喔）

生 とんでもないです。

師 これ、よかったら、どうぞ。

生 はい。ありがとうございます。

....

師：齋藤同學，你今天也辛苦了。

生：沒有沒有。

師：這個請你吃。

生：好的。謝謝老師。

❷

生 先生、お疲れ様でした。<u>これ。差し入れです。</u>

▲ 替 差し入れ、持ってきました

（我帶了這個給您吃）

師 いいんですか？いただきます。ありがとうございます。

....

生：老師，您辛苦了。這個是慰勞您的。

師：我可以收下嗎？那我就不客氣了。謝謝你。

老師可能會說

■ 前より、上達してきましたね。

　　　替 流暢になりましたね（念得比較順了喔）

　　　替 すらすら話せるようになりましたね

　　　（已經可以說得很流利了喔）

比之前有進步了喔！

■ ちょっと練習不足かなって思いますが。

我覺得練習的量稍嫌不足。

■ 最初のところ、真ん中のところ、最後のところがちょっと物足

りないなあと思いますが。　　　替 しめくくり / むすび

剛開頭、中段和結尾的地方，有種少了什麼東西的感覺。

■ もっと感情を込めてください。

再放點感情。/ 再多投入一點感情。

■ もう少し身振り手振りを付けたほうがいいかなと思います。

　　　　替 動き

我覺得再加一點動作會比較好。

■ もう少し身振り手振りを大きくしたほうがいいですよ。

　　　　　　替 はっきりとした（清楚一點）

動作再大一點比較好喔！

4-4 "讀書會"

★ 開場白　◎ MP3 **84**

老師可能會說

■ 今日は授業お疲れ様でした。

 の

大家今天上課辛苦了。

■ 勉強会に来ていただき、ありがとうございました。

很感謝你們來參加讀書會。

■ わからないことがあったら、なんでも聞いてください。

如果有不懂的地方，什麼都可以來問老師。

★ 單字問題　◎ MP3 **85**

①

生 先生、A（というの）は、どういう意味ですか？

替 って / とは　　替（意味は）何ですか

師 A （というの）は、Bの意味です。

替 って／とは　　　替 （という）こと

生：老師，A是什麼意思？

師：A是B的意思。

❷

生 CとD（と）はどこが違いますか？

替 どのように違いますか／どのような違いがあります
か／どう違う（ん）ですか／違うところはどこです
か／違いは何ですか

替 一緒ですか／同じ意味ですか（意思一樣嗎）

師 ① Cは話し言葉っぽいですが、Dは書き言葉っぽいと思います。

替 口語っぽい　　　　　　替 文章を書くときに使いますね

② これはパソコンで打った文字で、これは手書きの文字です。

書くときはどちらでも構いません。

替 大丈夫です

③ 意味がまったく同じですが、好みで使い分けています。

④ CとDとの使い分けについて、図で説明したいと思います。

⑤ Cはマイナスの意味で使いますが、Dはプラスの意味で使います。

⑥ Eはいい意味も悪い意味もあります。

替 肯定と否定の両方の意味が

生：C 和 D 哪裡不同？

師：① 我認為 C 是比較口語的；D 則是比較書面的。

　　② 這是印刷體，而這是手寫體。要寫哪個都可以。

　　③ 意思完全一樣，但是因每個人使用習慣而有所不同。

　　④ 我想畫個圖來說明一下 C 和 D 用法上的差異。

　　⑤ C 是用於負面的；D 則是用於正面的。

　　⑥ E 肯定和否定的意思都有。

❸

生 ① Ａって日本語はぴったり合う言葉はあるかな。

　　替 表現

② Ａって日本語は似た表現とか（は）ありますか？

③ Ａって日本語でどう言えばいいんですか？

　　替 何と言えばいいですか / 何と言いますか / 何と言うんですか

④ Ａは、別の言葉で何と言いますか？

師 ちょっと考えさせてください。あった。Ｂと訳せばいいじゃない？

　　替 かな

生：① Ａ 在日文裡不知道有沒有相對應的說法。

　　② Ａ 在日文裡有沒有類似的說法呢？

　　③ Ａ 用日文怎麼說比較好？

　　④ Ａ 有別的說法嗎？

師：讓我思考一下。我想到了，翻成 Ｂ 比較恰當吧！

❹

生 先生、この字は電子辞書に載ってないみたいです。

師 これは最近できた言葉なので、電子辞書にまだ載ってないかもしれないですね。A という意味です。

生：老師，這個字電子辭典裡面好像沒有。

師：這是最近才有的字，所以電子辭典可能還沒收錄吧！是 A 的意思。

★ **字體教學** ◎ MP3 **86**

 老師可能會說

■ ここにこう書いてください。
這裡要這樣寫。

■ ここないですよ。
　　　　替 いらない
這邊不要加東西喔！

■ ここもう一本ありますよ。
　　　　替 書いてくださいね
這裡要再多一筆 / 多一畫喔！

■ ここ一本少ないですよ。
　　　　替 足りない
這裡少寫一撇喔！

師生過招

生 ここ、くっついていますか？
　　替 つながりますか

師 はい、ここ、つながっていますよ。
　　　替 くっついていますよ / つなげてください（請連起來）

生 ここ、出ますか？

師 はい、ここ、出ていますよ。
　　　替 出してください

生 ここ、はねますか？

師 はい、ここ、はねていますよ。
　　　替 はねてください / はねます（要勾起來）

生 この点、いりますか？

師 いいえ、この点、いりません。

生：這裡要連起來嗎？
師：嗯，這裡是連起來的喔！
生：這裡要出頭嗎？
師：嗯，這裡要出頭喔！
生：這裡要勾起來嗎？
師：嗯，這裡是勾起來的喔！
生：這個點要加嗎？
師：不用，這個點不用加。

> 老師和學生都可以這樣說

■ 来週また会いましょう。
（らいしゅう・あ）

我們下週再見。

■ 気をつけて帰ってください。
（き・かえ）

▲替 お気をつけてお帰り（敬語：尊敬語）
（き・かえ）

路上小心喔！

師 今日の勉強会、お疲れ様でした。
（きょう・べんきょうかい・つか・さま）
　　　　　　　　　　　▲替 です

生 先生もお疲れ様でした。（今日は）ありがとうございます。
（せんせい・つか・さま・きょう）
　　　　　　　▲替 です

- -

師：今天的讀書會，大家都辛苦了。

生：老師您也辛苦了。（今天）謝謝您。

4-5 ""課外活動""

★ 園遊會　◎ MP3 **88**

師生過招

情境1　關心準備狀況

師 今、学園祭（いま、がくえんさい）の準備（じゅんび）はどうですか？

生 進（す）んでいますよ。木曜日（もくようび）は休（やす）みですけど、（準備（じゅんび））、最近結構忙（さいきんけっこういそが）しいです。

師 じゃあ、頑張（がんば）ってください。金曜日楽（きんようびたの）しみにして（い）ます。

生 はい。楽（たの）しみにしててください。

師：現在園遊會準備得怎麼樣了？

生：正在進行喔！星期四不用上課，但是最近都要忙著前置作業。

師：那麼要加油喔！我期待你們星期五的表現喔！

生：嗯，敬請期待。

情境2　在校園內的攤位

生 いらっしゃいませ！タピオカミルクティーが美味（おい）しいですよ。

師 一（ひと）つお願（ねが）いします。百円（ひゃくえん）ですね。はい、これ。

180

生 ５００円をお預かり致します。こちら、４００円のおつりです。
お確かめください。

師 ありがとう。美味しいですね。

生 全部私たちが作ったんです。おかげ様でよく売れていますよ。

師 お疲れ様でした。じゃあ、また後で来ます。お先に。

生 また後で。

生：歡迎光臨！珍珠奶茶好喝喔！

師：我要一杯。一百日圓吧？好，給你。

生：收您 500 日圓。這是找您的 400 日圓，請您點點看。

師：謝謝。真好喝。

生：全部都是我們親手調的。託您的福賣得很好喔！

師：辛苦你了。那我待會兒再來。先走一步。

生：回頭見。

★ 戲劇大賽 ◎ MP3 **89**

情境 1 關心排練狀況

❶

師 昨日、劇¹の練習をしていましたね。良かったですよ²。お疲れ様
です。替 1. 演劇 / スピーチコンテスト（演講）2. すごかったですよ

生 ありがとうございます。もっと頑張（がん ば）ります。

師：昨天你去排戲了吧！我覺得很不錯。辛苦你了！

生：謝謝老師。我會更加努力的。

❷

師 昨日（きのう）、劇（げき）の練習（れんしゅう）をしていたことを聞（き）きました。

練習（れんしゅう）のほうはどうですか？

　　　　　　　▲ 順調（じゅんちょう）ですか（還順利嗎）

生 【很順利時】今（いま）バッチリです。

　　【不順利時】今（いまがんば）頑張っています。

師：我聽說昨天你去排戲了。練習得如何？

生：【很順利時】現在狀況不錯。

　　【不順利時】現在正努力中。

情境2 邀請老師觀賞

生 先生（せんせい）、来週（らいしゅう）の金曜日（きんようび）に学生会館（がくせいかいかん）で部活（ぶかつ）の劇（げき）があります。是非見（ぜひみ）に
来（き）て下（くだ）さい。

師 ① はい。皆（みんな）の劇（げき）を楽（たの）しみにしています。

　② はい。（時間（じかん）があったら）行（い）きます。

生：老師，下星期五我的社團在學生會館有戲劇演出。您一定要來看喔！

師：① 好的。我很期待大家的演出。

　　② 好的。（有時間的話）我會去的。

★ **社團活動** ◎ MP3 **90**

> 👤 **學生可以這樣說**

■ 先生、学園祭でバンドをやりたいので、先生に顧問をやって
もらいたいです。

> 🔺 **替** いただきたいです（敬語：謙讓語）

老師，在園遊會的時候我們想組樂團，想請您擔任指導老師。

■ 先生、部活を作ろうと思ってて、顧問をやっていただきたいの
ですが。

老師，我們打算組個社團，想請您當指導老師。

■ これは部活の宣伝チラシなんですけど、これで宜しいですか？

這是我們社團的傳單，（您看）這樣寫可以嗎？

師生過招

師 部活は何に入っていますか？

> 🔺 **替** サークル

> 「部活」活動較多；
> 「サークル」較輕鬆。

生 今、英語研究会に入っています。

師 週に何回ですか？

> 🔺 **替** 何回活動していますか

生 週に二回ぐらいです。

師 楽しいですか？

生 【肯定回答】楽しいです。

　　【否定回答】つまらないです。

....

師：你加入了什麼社團？

生：現在我加入了英語研究社。

師：一星期要去幾次呢？

生：一星期兩次左右。

師：好玩嗎？

生：【肯定回答】很好玩。

　　【否定回答】很無聊。

師 松井さん、なんだかたくさん荷物を持っていますね。
　　替 なんか

生 はい、チアガールをやっていますから。

師 毎日練習ですか？
　　替 していますか

生 週に一回ぐらいです。

　替 ほとんど毎日です（幾乎每天都要練）

師 最近どうですか？

生 最近、活動がきびしくなりました。

　替 集まりが悪いです（沒什麼人來）

師 今日もチアガールの練習をするんですか？

生 はい、そうですね。来週試合があります。

師 大変ですね。頑張ってください。

師：松井同學，你的東西真多。

生：對呀！因為我在練啦啦隊。

師：每天都要練嗎？

生：一星期大概練一次。

師：最近如何呢？

生：最近活動變得讓人很吃不消。

師：今天也要練啦啦隊嗎？

生：對呀，沒錯。下星期有比賽。

師：真是辛苦。要加油喔！

4-6 “ 路上巧遇 ”

師 渋谷さん、こんにちは。

生 平山先生、こんにちは。

師 どこに行くんですか？

生 家に帰るところです。

師 家はこの近くですか？

生 はい、駅から歩いて五分ぐらいです。

師 近いですね。じゃあ、また明日学校でね。

> 「学校でね」是
> 「学校で会いましょうね」
> 的簡略說法。

師：渋谷同學，你好。

生：平山老師，你好。

師：你現在要去哪兒？

生：我正要回家。

師：你家在這附近嗎？

生：對呀，從車站到家走路五分鐘左右。

師：真近。那我們明天學校見。

師生過招

❶

師 高田<ruby>高田<rt>たか だ</rt></ruby>さん、こんにちは。これから、<ruby>授業<rt>じゅぎょう</rt></ruby>ですか？

生【肯定回答】はい、<ruby>まだ授業<rt>じゅぎょう</rt></ruby>があります。
　　　　　　替 あと<ruby>二<rt>ふた</rt></ruby>つあります。（我還有兩節課。）
　　　　　　替 <ruby>二コマ<rt>ふた</rt></ruby>

　　【否定回答】いいえ、<ruby>部活<rt>ぶ かつ</rt></ruby>に<ruby>行<rt>い</rt></ruby>きます。この<ruby>後<rt>あと</rt></ruby>、<ruby>授業<rt>じゅぎょう</rt></ruby>があります。

師 この<ruby>後<rt>あと</rt></ruby>、<ruby>授業何<rt>じゅぎょうなに</rt></ruby>がありますか？

生 <ruby>教職<rt>きょうしょく</rt></ruby>があります。
　　替 <ruby>教養<rt>きょうよう</rt></ruby>（通識課）/ <ruby>安部先生<rt>あ べ せんせい</rt></ruby>の<ruby>授業<rt>じゅぎょう</rt></ruby>（安部老師的課）

師：高田同學，你好。現在要去上課嗎？

生：【肯定回答】對，我還有課。

　　【否定回答】不是，我要去社團。我之後還有課。

師：等一下你還有什麼課要上呢？

生：教育學程。

❷

師 <ruby>栗林<rt>くりばやし</rt></ruby>さん、こんにちは。もう<ruby>帰<rt>かえ</rt></ruby>るんですか？

生 はい、<ruby>帰<rt>かえ</rt></ruby>ります。<ruby>先生<rt>せんせい</rt></ruby>は？

師【肯定回答】今から授業です。

【否定回答】もう授業ないです。

生 私の中間テスト、どうでした？

師 栗林さんはできていますね。

替 まあまあ良かったですね。（還算不錯喔！）

替 ちょっと悪かったですね。（有點不太理想喔！）

師：栗林同學，你好。你已經要回去了嗎？

生：是的，我要回去了。老師呢？

師：【肯定回答】我現在正要去上課。

　　【否定回答】我已經沒課了。

生：我期中考考得如何？

師：栗林同學考得不錯喔！

★ **在餐廳** ◎ MP3 **94**

師 金井さん、こんにちは。何を食べてるんですか？

生 オムライスです。先生は何を食べますか？

師 まだ決まっていないです。じゃあ、ごゆっくり。

生 さよなら。

師：金井同學，你好。你在吃什麼？

生：蛋包飯。老師你打算要吃什麼呢？

師：我還沒決定。那請慢用。

生：再見。

師生過招

生 立松先生、こんにちは。
たてまつせんせい

師 びっくりした。高木さんか。こんにちは。偶然ですね。
たか ぎ　　　　　　　　　　　　ぐうぜん

生 そうですね。

師 高木さんも買い物に来たんですか？
たか ぎ　　　か もの　き

生 はい。バイトが終ったばかりで。
おわ

　　替 ちょうどバイト帰りで。
がえ

> 通常在會話中也有像這句以中止形來結束句子的時候。

師 バイト先はこの近くですか？
さき　　　ちか

　　替 ここから近い
ちか

生 そうですね。

生：立松老師您好。

師：嚇我一跳。是高木同學啊。你好。真巧呢。

生：對呀！

師：高木同學也來買東西嗎？

生：嗯。我剛打完工。

師：打工的地方在這裡附近嗎？

生：是呀！

★ 日文解碼

	（日文假名）	（中文意思）
① 切手		
② 過去問		
③ 勉強法		
④ 順調		
⑤ 試合		

★ 一搭一唱

（請依左方的中文提示，填入適當的搭配詞語。）

① 參加演講比賽　　スピーチコンテストに _____

② 念稿子　　　　　原稿を _____

③ 成立樂團　　　　バンドを _____

④ 得獎　　　　　　賞を _____

⑤ 添麻煩　　　　　手数を _____

★ 即席翻譯

① 請幫我們分開結。 _____

② 老師您也辛苦了。 _____

③ 我會加油的。 _____

④ 我先告辭了。 _____

★ 有話直說

① (當想問獎學金的事時)

_____

② (跟對方說找錯零錢時)

_____

③ (想請對方再說一遍時)

_____

④ (想問廁所在哪裡時)

_____

校園必備單字

5-1 "大學成員"

單字	意思	單字	意思
いちねんせい 一年生	大一學生	がくちょう 学長	大學校長
に ねんせい 二年生	大二學生	けんきゅう か ちょう 研究科長	研究所所長
さんねんせい 三年生	大三學生	がく ぶ ちょう・がっ か ちょう 学部長・学科長	院長、系主任
よ ねんせい 四年生	大四學生	きょうじゅ 教授	教授
だいがくせい 大学生	大學生	じゅんきょうじゅ 准教授	副教授
だいがくいんせい 大学院生	研究生 （碩、博士生）	じょきょうじゅ 助教授	助理教授
しゃかいじんがくせい 社会人学生	在職生	せんにん・じょうきんこう し 専任・常勤講師	專任講師
へんにゅうせい・てんにゅうせい 編入生・転入生	插班生、轉學生	とくにんこう し 特任講師	特任講師
がいこくじんりゅうがくせい 外国人留学生	外籍學生	ひ じょうきんこう し 非常勤講師	兼任講師
こうかんりゅうがくせい 交換留学生	交換學生	じょしゅ 助手	助教
ちょうこうせい 聴講生	旁聽生	だいがくしょくいん 大学職員	大學職員
そつぎょうせい 卒業生 (OB・OG) （和製英語 old + boy、old + girl）	畢業生 （男、女校友）	じゅけんせい 受験生	考生

194

◎ MP3 **97**

單字	意思	單字	意思
マルチメディア きょうしつ 教室 (multimedia)	多媒體教室	しょむ か 庶務課	總務處
きょうしつ ＰＣ教室	電腦教室	こくさい か 国際課	國際交流處
きょうしつ LL 教室	語言教室	がく む か 学務課	學生課務處
きょうしつ CALL 教室	視聽教室	がくせいせいかつ か 学生生活課	學生生活處
きょういんひかえしつ 教員控室	教師休息室	しゅうしょく か 就職課	就業輔導處
い む しつ 医務室	醫務室	はくぶつかん 博物館	博物館
かい ぎ しつ 会議室	會議室	と しょかん 図書館	圖書館
しゅえいしつ 守衛室	警衛室	たいいくかん 体育館	體育館
けんきゅうしつ 研究室	研究室	ちゅうしゃじょう 駐車場	停車場
じっけんしつ 実験室	實驗室	ちゅうりんじょう 駐輪場	自行車停車場
きょうしょくいん 教職員ラウンジ (lounge)	教職員餐廳	けんどうじょう 剣道場	劍道場
がくせいしょくどう 学生食堂	學生餐廳	や きゅうじょう 野球場	棒球場
カフェテリア (cafeteria)	自助餐廳	じゅうどうじょう 柔道場	柔道場

單字	意思	單字	意思
脇門（わきもん）	側門	グラウンド (ground)	運動場、操場
裏門（うらもん）	後門	テニスコート (tennis court)	網球場
正門（せいもん）	正門、校門、前門	サッカー場（じょう） (soccer)	足球場
プール（pool）	游泳池	ラグビー場（じょう） (rugby)	橄欖球場
ホール（hall）	交誼廳、演藝廳	学生寮・宿舎（がくせいりょう・しゅくしゃ）	學生宿舍
トイレ（toilet）	廁所	階段（かいだん）	樓梯
プラザ（西語 plaze）	廣場	廊下（ろうか）	走廊
喫煙所（きつえんじょ）	吸菸區	大学生協・売店（だいがくせいきょう・ばいてん）	大學福利社、消費合作社
銀行 ATM コーナー（ぎんこう）（corner）	自動提款機 (ATM)	講堂（こうどう）	禮堂
部室（ぶしつ）	社團活動室	バス停（てい） (bus)	公車站
保健センター（ほけん）(center)	保健中心	ギャラリー (gallery)	畫廊
広報センター（こうほう）(center)	公關中心	ロータリー (rotary)	圓環
教員免許センター（きょういんめんきょ）(center)	教師資格中心	国際交流会館（こくさいこうりゅうかいかん）	國際交流會館

5-3 課程制度

◎ MP3 **98**

單字	意思	單字	意思
せんこう・ふくせんこう 専攻・副専攻	主修、副修	すいせんにゅうがく 推薦入学	推薦入學
がくぶ・がっか 学部・学科	學院、學系	にゅうがくしき 入学式	開學典禮
ひっしゅうかもく 必修科目	必修科目	そつぎょうしき 卒業式	畢業典禮
せんたくかもく 選択科目	選修科目	がっき 学期	學期
きょうようかもく 教養科目	通識科目	ぜんき・こうき 前期・後期	上學期、下學期
きょういんめんきょ 教員免許	教師資格	がくしごう 学士号	學士學位
きょうしょくかてい 教職課程	教育學程	しゅうしごう 修士号	碩士學位
オリエンテーション (orientation)	新生訓練	はくしごう 博士号	博士學位
じかんわり 時間割	課表	にゅうがくきん 入学金	入學金
きゅうこう 休講	停課	じゅぎょうりょう　めんじょ 授業料（免除）	學費（減免學費）
ほこう 補講	補課	そつぎょうろんぶん 卒業論文	畢業論文
こうけつ 公欠	公假	がくいろんぶん 学位論文	學位論文
びょうけつ 病欠	病假	にゅうがくしけん 入学試験	入學考
きび 忌引き	喪假	がくせいしょう 学生証	學生證

單字	意思	單字	意思
しょうがくきん 奨学金	獎學金	せいせきしょうめいしょ 成績証明書	成績單
きゅうがく 休学	休學	そつぎょうしょうめいしょ 卒業証明書	畢業證書
りゅうがく 留学	留學	じゅこうとうろく 受講登録・ りしゅうとうろく 履修登録	選課
ちゅう と たい がく 中（途）退（学）	肄業	じゅこうとりけし 受講取消	退選
りゅうねん 留年	留級	ついか とうろく 追加登録	補選、加選

◎ MP3 **99**

單字	意思	單字	意思
ノート (note)	筆記本	ものさし・定規 （じょうぎ）	尺
ルーズリーフ (loose-leaf)	活頁紙	のり	膠水
消しゴム （荷蘭語 gom） （け）	橡皮擦	はさみ	剪刀
ペン (pen)	筆	ホ（ッ）チキス （商標名 Hotchkiss）	釘書機
鉛筆・鉛筆削り （えんぴつ・えんぴつけず）	鉛筆、削鉛筆機	ホチキスの針 （はり）	釘書針
万年筆 （まんねんひつ）	鋼筆	画びょう （が）	圖釘
サインペン （和製英語 sign +pen）	簽字筆	下敷き （したじ）	墊板
シャープペン （和製英語 sharp+pencil）	自動鉛筆	クリップ (clip)	迴紋針
蛍光ペン （けいこう）	螢光筆	パソコン （原為パーソナ ルコンピュータ ー：personal computer）	電腦
ボールペン (ball-point pen)	原子筆	ノートパソコン	筆記型電腦

單字	意思	單字	意思
<ruby>修正液<rt>しゅうせいえき</rt></ruby>	修正液	<ruby>教壇<rt>きょうだん</rt></ruby>	講台
<ruby>筆箱<rt>ふでばこ</rt></ruby>	鉛筆盒	<ruby>教卓<rt>きょうたく</rt></ruby>	講桌
カッター (cutter)	刀片	マイク（原為 マイクロホン microphone）	麥克風
USB メモリー (memory)	隨身碟	<ruby>黒板<rt>こくばん</rt></ruby>・<ruby>黒板消<rt>こくばんけ</rt></ruby>し	黑板、板擦
<ruby>電子辞書<rt>でんしじしょ</rt></ruby>	電子辭典	ホワイトボード (white board)	白板
<ruby>電卓<rt>でんたく</rt></ruby>	計算機	ホワイトボード マーカー (white board marker)	白板筆
コンパス（荷蘭 語 kompas）	圓規	クリアファイル （和製英語 clear + file）	資料夾
ガムテープ （和製英語 gum+tape）	膠帶	リモコン （原為リモート・ コントロール： remote control）	遙控器
<ruby>両面<rt>りょうめん</rt></ruby>テープ (tape)	雙面膠	ゴミ<ruby>箱<rt>ばこ</rt></ruby>	垃圾桶
<ruby>輪<rt>わ</rt></ruby>ゴム	橡皮筋	プロジェクター (projector)	投影機

5-5 66 學生生活 99

◎ MP3 **100**

單字	意思	單字	意思
かんげいかい 歓迎会	迎新會	バスケット ボール部 (basketball)	籃球社
そうべつかい 送別会	歡送會	テニス部 (tennis)	網球社
べんきょうかい 勉強会	讀書會	ボランティア (volunteer)	義工
ぶ かつ 部活	社團活動	がくえんさい 学園祭	園遊會
たっきゅう ぶ 卓球部	桌球社	ガイダンス (guidance)	輔導、簡介
えんげき ぶ 演劇部	戲劇社	がく（せい）わり（びき） 学（生）割（引）	學生優待
じゅうどう ぶ 柔道部	柔道社	じ どうはんばい き 自動販売機	自動販賣機
や きゅう ぶ 野球部	棒球社	アルバイト (德語 Arbeit)	打工
しょどう ぶ 書道部	書法社	か ていきょう し 家庭教師	家教
えい が ぶ 映画部	電影社	しゅうしょくかつどう 就職活動	找工作
しゅ わ ぶ 手話部	手語社	インターンシッ プ (internship)	實習

◎ MP3 **101**

單字	意思	單字	意思
ちゅうごく ご がっ か 中国語学科	中文系	しゃかいがっ か 社会学科	社會系
えいべい ご がっ か 英米語学科	外文系	ぶつり がっ か 物理学科	物理系
に ほん ご がっ か 日本語学科	日文系	すうがくがっ か 数学学科	數學系
ご がっ か スペイン語学科 (Spain)	西班牙文系	か がくがっ か 化学学科	化學系
ご がっ か ドイツ語学科 (荷蘭語 Duits)	德文系	けいえいがっ か 経営学科	企管系
ご がっ か フランス語学科 (France)	法文系	じょうほうかん り がっ か 情報管理学科	資管系
かんこく ご がっ か 韓国語学科	韓文系	い がくがっ か 医学学科	醫學系
てつがくがっ か 哲学学科	哲學系	しん り がっ か 心理学科	心理系
れき し がっ か 歴史学科	歷史系	ほうりつがっ か 法律学科	法律系
けいざいがっ か 経済学科	經濟系	かんこうがっ か 観光学科	觀光系
かいけいがっ か 会計学科	會計系	ぼうえきがっ か 貿易学科	國貿系
せい じ がっ か 政治学科	政治系	きょういくがっ か 教育学科	教育系

随堂測驗

★ 日文解碼

	（日文假名）	（中文意思）
① 編入生		
② 聴講生		
③ 学長		
④ 脇門		
⑤ 教員控室		
⑥ 庶務課		
⑦ 時間割		
⑧ 休講		
⑨ 追加登録		
⑩ 入学式		
⑪ 中途退学		
⑫ 定規		
⑬ 万年筆		
⑭ 電卓		
⑮ 手話		

★ 第 1 堂課

【日文解碼】

① 出欠（しゅっけつ）/ 出勤　② 欠席（けっせき）/ 缺席

③ 怪我（けが）/ 受傷　④ 渋滞（じゅうたい）/ 塞車

⑤ 風邪（かぜ）/ 感冒

【一搭一唱】

① 47 ページを<u>開（あ）ける</u>　② 授業（じゅぎょう）を<u>始（はじ）める</u>

③ 熱（ねつ）が<u>出（で）る</u>　④ 体調（たいちょう）が<u>悪（わる）い</u>

⑤ 出席（しゅっせき）を<u>取（と）る</u>

【即席翻譯】

① 医務室（いむしつ）に行（い）ってきました。

② ちゃんと伝（つた）えます。

③ 先生（せんせい）、是非（ぜひ）遊（あそ）びに来（き）てください。

④ 髪（かみ）に何（なに）か付（つ）いています。

【機智問答】

① おはようございます。（早安。）

② はい、ありがとうございます。（沒事了，謝謝您。）

③ 肯定回答：はい、これ。（有，在這兒。）

　否定回答：いいえ、持（も）っていません。（不，我沒帶。）

④ 寝坊（ねぼう）しました。（我睡過頭了。）

【日文解碼】

① 満点 / 満分
（まんてん）

② 日付 / 日期
（ひづけ）

③ 書類 / 資料
（しょるい）

④ 顔色 / 臉色；氣色
（かおいろ）

⑤ 相談 / 商量
（そうだん）

【一搭一唱】

① 赤線を引く
（あかせん）（ひ）

② 教科書に戻る
（きょうかしょ）（もど）

③ 例を挙げる
（れい）（あ）

④ 温度を上げる
（おんど）（あ）

⑤ マナーモードに設定する
（せってい）

【即席翻譯】

① 先生、ここがちょっと分からないんですが。
（せんせい）（わ）

② トイレに行ってもいいですか？
（い）

③ 先生、ホチキスをお借りしてもいいですか？
（せんせい）（か）

④ メリークリスマス！

【機智問答】

① とても難しかったです。（很難。）
（むずか）

② ありがとうございます。（謝謝您。）

③ 今日忘れちゃいました。（今天我忘了帶了。）
（きょうわす）

④ 肯定回答：はい、大丈夫です。（嗯，我沒事。）
（だいじょうぶ）

　　否定回答：頭痛いです。（我頭很痛。）
（あたまいた）

【日文解碼】

① 手元 / 手邊 <small>てもと</small>

② 余白 / 空白 <small>よはく</small>

③ 一部 / 一部分 <small>いちぶ</small>

④ 追試 / 補考 <small>ついし</small>

⑤ 分野 / 領域 <small>ぶんや</small>

【一搭一唱】

① 板書を取る <small>ばんしょ と</small>

② 大文字に直す <small>おおもじ なお</small>

③ 宿題を出す <small>しゅくだい だ</small>

④ 問題を解ける <small>もんだい と</small>

⑤ 目を通す <small>め とお</small>

【即席翻譯】

① 二枚目のプリントがありません。 <small>にまいめ</small>

② 皆さん、私の声が聞こえますか？ <small>みな わたし こえ き</small>

③ レポートの書き方を教えてください。 <small>か かた おし</small>

④ 中間試験はプリントからも出ますか？ <small>ちゅうかん し けん で</small>

【有話直說】

① 今日は宿題を忘れました。 <small>きょう しゅくだい わす</small>

② このイヤホンから音が出ないです。 <small>おと で</small>

③ 宿題はいつまでに出したらいいのですか？ <small>しゅくだい だ</small>

④ どのように座ったらいいのですか？ <small>すわ</small>

【日文解碼】

① きって 切手 / 郵票

② かこもん 過去問 / 考古題

③ べんきょうほう 勉強法 / 讀書方法

④ じゅんちょう 順調 / 順利

⑤ しあい 試合 / 比賽

【一搭一唱】

① スピーチコンテストに出る

② 原稿を読む

③ バンドをやる

④ 賞をもらう

⑤ 手数を掛ける

【即席翻譯】

① 別々にお願いします。

② 先生もお疲れ様でした。

③ 頑張ります。

④ お先に失礼します。

【有話直說】

① 奨学金について聞きたいのですが。

② すみません、おつり、間違えています。

③ もう一度お願いします。

④ トイレはどこですか？

【日文解碼】

① 編入生 / 轉學生
へんにゅうせい

② 聴講生 / 旁聴生
ちょうこうせい

③ 学長 / 大學校長
がくちょう

④ 脇門 / 側門
わきもん

⑤ 教員控室 / 教師休息室
きょういんひかえしつ

⑥ 庶務課 / 總務處
しょむか

⑦ 時間割 / 課程表
じかんわり

⑧ 休講 / 停課
きゅうこう

⑨ 追加登録 / 補選
ついかとうろく

⑩ 入学式 / 開學典禮
にゅうがくしき

⑪ 中途退学 / 肄業
ちゅうとたいがく

⑫ 定規 / 尺
じょうぎ

⑬ 万年筆 / 鋼筆
まんねんひつ

⑭ 電卓 / 計算機
でんたく

⑮ 手話 / 手語
しゅわ

マイノート

國家圖書館出版品預行編目資料

全日語入校 / 樂大維作. -- 初版. -- 臺北市：貝塔, 2012. 06
　　面：　公分
　　ISBN: 978-957-729-881-2（平裝附光碟片）

　　1. 日語　2. 讀本

803.18　　　　　　　　　　　　　　　　　101005910

全日語入校

作　　者／樂大維
插　　畫／水　腦
執行編輯／朱曉瑩

出　　版／貝塔出版有限公司
地　　址／100 台北市館前路 12 號 11 樓
電　　話／(02) 2314-2525
傳　　真／(02) 2312-3535
郵　　撥／19493777 貝塔出版有限公司
客服專線／(02) 2314-3535
客服信箱／btservice@betamedia.com.tw

總 經 銷／時報文化出版企業股份有限公司
地　　址／桃園縣龜山鄉萬壽路二段 351 號
電　　話／(02) 2306-6842

出版日期／2012 年 6 月初版一刷
定　　價／280 元
I S B N／978-957-729-881-2

喚醒你的日文語感！

請對折後釘好，直接寄回即可！

100 台北市中正區館前路12號11樓

 貝塔語言出版 收
Beta Multimedia Publishing

寄件者住址 ☐☐☐

貝塔語言出版
Beta Multimedia Publishing

讀者服務專線（02）2314-3535　　讀者服務傳真（02）2312-3535
客戶服務信箱　btservice@betamedia.com.tw
www.betamedia.com.tw

謝謝您購買本書！！

貝塔語言擁有最優良之語言學習書籍，為提供您最佳的語言學習資訊，您可填妥此表後寄回（免貼郵票）將可不定期收到本公司最新發行書訊及活動訊息！

姓名：＿＿＿＿＿＿＿＿＿＿　性別：口男 口女　生日：＿＿＿年＿＿＿月＿＿＿日

電話：(公)＿＿＿＿＿＿＿＿(宅)＿＿＿＿＿＿＿＿(手機)＿＿＿＿＿＿＿＿

電子信箱：＿＿＿＿＿＿＿＿＿＿＿＿＿＿＿＿＿＿＿＿

學歷：口高中職含以下　口專科　口大學　口研究所含以上

職業：口金融　口服務　口傳播　口製造　口資訊　口軍公教　口出版

　　　口自由　口教育　口學生　口其他

職級：口企業負責人　口高階主管　口中階主管　口職員　口專業人士

1. 您購買的書籍是？＿＿＿＿＿＿＿＿＿＿＿＿＿＿＿＿＿

2. 您從何處得知本產品？(可複選)

　　　口書店 口網路 口書展 口校園活動 口廣告信函 口他人推薦 口新聞報導 口其他

3. 您覺得本產品價格：

　　　口偏高 口合理 口偏低

4. 請問目前您每週花了多少時間學外語？

　　　口 不到十分鐘 口 十分鐘以上，但不到半小時 口 半小時以上，但不到一小時

　　　口 一小時以上，但不到兩小時 口 兩個小時以上 口 不一定

5. 通常在選擇語言學習書時，哪些因素是您會考慮的？

　　　口 封面 口 內容、實用性 口 品牌 口 媒體、朋友推薦 口 價格口 其他＿＿＿＿

6. 市面上您最需要的語言書種類為？（口日語　口英語）

　　　口 聽力 口 閱讀 口 文法 口 口說 口 寫作 口 其他＿＿＿＿＿

7. 通常您會透過何種方式選購語言學習書籍？

　　　口 書店門市 口 網路書店 口 郵購 口 直接找出版社 口 學校或公司團購

　　　口 其他＿＿＿＿＿＿

8. 給我們的建議：＿＿＿＿＿＿＿＿＿＿＿＿＿＿＿＿＿＿＿＿＿＿＿

＿＿＿＿＿＿＿＿＿＿＿＿＿＿＿＿＿＿＿＿＿＿＿＿＿＿＿＿＿＿＿

喚醒你的日文語感！

こまかい日本語のニュアンスをうまく起こさせる！

喚醒你的日文語感！

こまかい日本語のニュアンスをうまく起こさせる！